U0657425

新拉丁美洲文学丛书

Habitaciones Privadas

Cristina Peri Rossi

私人房间

［乌拉圭］克里斯蒂娜·佩里·罗西 丨著

余晓慧 丨译

作家出版社

新拉丁美洲文学丛书
出版说明

　　20世纪80年代末，云南人民出版社与中国西班牙葡萄牙拉丁美洲文学研究会合作翻译出版"拉丁美洲文学丛书"（简称"丛书"），十几年间出版50余种，为拉美文学在华传播做出了不可磨灭的贡献。数十年过去，时移世易，但当年丛书出版说明的开篇句"拉丁美洲是一个举世公认的充满创造活力的大陆"，并未过时，反而不断被印证。博尔赫斯、加西亚·马尔克斯和其他"文学爆炸"代表作家的作品陆续被译为中文，"魔幻现实主义"对寻根文学及先锋小说的影响仍是相关研究者所乐道的话题。拉美文学的译介和接受不仅成为新时期中国文学研究中不可忽视的部分，时至今日仍为新一代的中国读者提供"去西方中心"的文学视野与镜鉴。

　　作家出版社与中国外国文学学会西班牙葡萄牙语文学研究分会合作，决定从2024年起翻译出版"新拉丁美洲文学丛书"（简称"新丛书"），感念前贤筚路蓝缕之功，继续秉持"全部从西班牙及葡萄牙文原文译出"的原则，以促进世界文化交流、繁荣中国文学建设为指归。新丛书旨在：（一）让当年丛书中多年未再版而确有再版价值的书目重现坊间；（二）译介丛书中已收录的作家成名作之外的其他代表性作品，展现经典作家更整全的面貌；（三）译介拉丁美洲西葡语文学在中文世界的遗珠之作。新丛书主要收录经典作家作品，此外另设子系列"新拉丁美洲文学丛书·当代"，顾名思义，收录具代表性、富影响力的当代拉美作家作品。

致中国读者

"故事"（cuento）这个词源自拉丁语的"contar"，意即讲述。讲述是左脑——掌管语言的半边大脑——最古老的能力之一。我们可以想象，自从男人和女人使用发声的语言，他们就开始讲述。他们讲述野牛行经隘道，讲述季节的更替、昼夜的流逝、英雄的壮举、部落与家庭的历史，讲述过去与未来、可食用的和有毒的植物，讲述他们的旅行与爱情、梦想与恐惧。一切皆可讲述，文学中最精妙最睿智的讲述者之一契诃夫大师曾经说过，他每天都能随便挑一件东西写出一个不同的故事。

一切都能够讲述，只要我们找到讲述它的方式。和动物不同，很早以前，我们人类就学会了讲述。因此有了那句俗语"为了讲述它而活下去"（Vivir para contarlo），加夫列尔·加西亚·马尔克斯在回忆录里用了它的另一个版本：《活着为了讲述》（*Vivir para contarla*）[1]。

正如电视和互联网（它们也以自己的方式讲述）出现之前的每个小女孩一样，我热爱故事，对某些角色——特别是动物——感同身受，我一边听故事、读故事，一边伤心、哭泣、学会生活。儿童故事一点也不纯真。它们和我们这些成年人写的故事一样残忍可怖：里面有嫉妒、孤独、痛苦、欲望、渴求，虽然，和生活不同的是，儿童故事总是圆满收场，因为邪恶会被战胜。

我们可以说，一开始——如果有一个开始的话——存在的是故事。所有的宗教，所有的天体演化学都始于一个神话故事，它奠定传统、过去、世代、性别关系与文化。

我是个早熟的作家。我梦想成为一名全能作家，遍历所有的体裁。1963年，我在蒙得维的亚的阿尔法（Alfa）出版社出版了一本故事集《活着》（*Viviendo*），就此起步。直至今日，这件事在我看来仍很神秘，仿佛命运结出的果实：一个不到二十岁，叛逆、越界、浪漫而又贫穷的

---

1. 此处和上文的"Vivir para contarlo"是同一个俗语的两种写法，表达相同的意思，只存在末尾"lo"和"la"词性的细微差别。中文为了保留差异感，采取两种译法。——译注

小姑娘，是怎么年纪轻轻就在乌拉圭首都最重要的出版社成功出版一本故事集的？

此后，我一生都在创作故事。我出版了十六部作品，都让我非常满意。作为读者和作家，我热爱故事这个体裁，我总是会回到它这里来，一生都会忠于它。我喜欢短篇故事的语法、结构和简短（我也写过一些长篇故事），喜欢必须舍弃次要的、无足轻重的部分。我笔下的大部分角色，像卡夫卡的角色一样，都没有名字，因为他们不需要有名字：故事必须绝对精练，一如诗歌。

讲述是为了些什么。一个好的口头叙述者（我的话很多，这点广为人知：有时候，我在聚会里讲了又没写的故事会回到我这里来，变成别人的轶事）会无意中践行伟大的故事革新者埃德加·爱伦·坡的建议：一个好的故事要实现效果的统一，达到严格的精练。与诗歌一样，现代故事不接受离题，它是一种钟表装置，其中每个词语都不可或缺。不能少，也不能多。

有时我会突然意识到，我把我的噩梦变成了故事。这是最复杂、最艰难，却也最让人满足的文学体验之一。它是一种驱魔的形式：噩梦中有一系列的象征，还有一种伦理，要做的就是揭示它们。德国浪漫派作家已经发现，梦是一种写作，是无意识的写作。有时候，一个故事追在我身后，但我不会动笔去写它，直到我想出第一句话。我并不熟悉许多男女作家谈论的那种纸张空白的烦恼。我坐下写作的时候，已经知道第一句话要写什么，如果不知道，我就去做别的事情。因为故事的第一句话决定了一切：如果它能引诱读者，如果它能抓住读者，将他完完全全地放进虚构的时间与空间（即便是没有时间的时间、没有名字的空间），读者就会继续阅读。否则，读者就会撇下故事。

要实现埃德加·爱伦·坡所说的效果统一，最后一句话和第一句话同样重要。有时候，它是决定性的一击，完美的 KO[1]。不过，还有的时候，由于情感使然，会更想创造一个模糊的、开放的、充满不确定的结尾。

感谢作家出版社让我有机会在中文世界出版我的三本故事集：1976 年巴塞罗那行星出版社出版的《恐龙的下午》，还有更新近的两本——西班牙帕伦西亚四十五分出版社 2012 年出版的《私人房间》和 2015 年出版的《错爱》。也感谢译者黄韵颐、余晓慧、陈方骐的出色工作。

豪尔赫·路易斯·博尔赫斯曾说过，一切偶然的邂逅都是预先的约定。表面上，我是在生活、观察、梦想和聆

---

1. 拳击术语，"击倒"（knock out）的缩写。——译注

听中找到了那些故事，但像博尔赫斯一样，我相信，在写下它们的时候，我是履行了一个预先的约定。像博尔赫斯一样，我想，它们已在某处被写好了，我的任务只是解读它们，为它们掸去灰尘与杂草，让它的教训浮现，如一则寓言。写作总是为了些什么。福音书中，耶稣说过的最美也最可怕的话之一，是："我说话，是为了叫那些愿意明白的人明白。"我赞同这句话。我写作，是为了叫那些愿意明白的人明白。

先感受，再懂得。这就是我写故事的原则，为了让读者在镜廊中享受、痛苦、微笑、认出自己、学会理解不同。

一篇故事就是时间中一道小小的切口，可以借由它深入一种感觉、一个想法、一场梦。它舍弃旁枝末节，解剖刀般刺入情绪与感觉深处。

我唯一遗憾的是无法再次书写这些故事，因为我已写下了它们。

但我能肯定，我会继续写故事，因为我对生活着迷，而生活在故事中震颤。

克里斯蒂娜·佩里·罗西

巴塞罗那，2024 年 6 月 19 日

（黄韵颐 译）

满怀爱意地献给我的妹妹伊内斯

目录

通宵酒吧

After hours

在拉曼却某个地方，有一座加油站，失落在广阔无垠的大地上，像一颗桑葚掉在沙漠里。他本无意在此停留（他喜欢在卡斯蒂利亚的公路上任情驱驰，如昏昏入睡，感到犹在母亲子宫里一般愉悦），奈何车子开始打滑了，像溜冰似的。"肏！"他想，"我们都又老又累了。不知道哪天，它就得死在路上，和我一个样。"加油站的人看起来伧俗、寡言、面色青黄，说车子隔天才能修好。他自己选：要么把车留下，要么等抛锚了再打电话叫人来找。但他几个月没交保险了。因为资金流动问题——经济记者和破产的人都是这么说的。真是个好词儿，财产也会破。记得和朋友们玩百家乐，有时轮到他坐庄，结果总是要宣布破产。做梦从真正的庄家手上赚钱，下场无非分文不剩、一败涂地，零落成泥碾作尘。尘归尘，土归土。对了，多久没尝一尝风尘的滋味了？几个月了吧，也可能一年了。他问加油站的人——那个伧俗、寡言、面色青黄的男人——附近有没有地方过夜。正是黄昏时分，这悠长明亮的玫瑰色黄昏，在八月，在拉曼却，他不知道身在何方，此前他一次车也没停，连下车撒尿都没有，他像做梦一样穿过了公路，车轮的声响如一支催眠曲将他摇晃，他宁愿等到明天，等加油站那个伧俗、寡言、面色青黄的男人把他的车，他的摇篮，还给他。"通宵酒吧边上有宾馆。"那人简省地说道，一边指向远处一个栗色的斑点。他放眼眺望，只见平坦灰黄的原野上有一方低矮的建筑，盖着一顶紫色帐篷，还有一圈寒碜的彩灯，和一个高高的发光"A"字，略微弯曲着，像一颗龋齿。他联想到维姆·文德斯的镜头，那个爱上了美国的德国佬（人难免爱上错误的国家和错误的女人）。"景色又当不了饭吃，王八蛋。"他咕哝道。他自己一直有着没用的艺术梦，也就是说，他总是异想天开。所以年过半百的他没有房子，没有老婆（她和他离婚了，应该说他能理解），也没有像样的工作。虽然到了他这个年纪，也已经没什么好工作了，除非从政，这是他深恶痛绝的，要么就是黑手党。而且他太个人主义，这两者都与他无缘。他也有过孩子，但孩子养大了就留不住。一个儿子在华盛顿不知道读什么硕士；另一个，他老婆最宝贝的，如今正游手好闲，白吃白住，连妓院都用不

私人房间

着去，因为女孩儿会自己到家里来。这就是一代人和另一代人的根本区别。他不得不为了生存而奔波；他的小儿子却和妈妈住在一起，一分钱不用花，还天天有姑娘拜访。

通宵酒吧门口有一个壮汉，收了入场费，还在他手上盖了章，像对待犯人似的。为时尚早，里面还没什么人。灯光是一如既往地暗淡。有一个喝啤酒的卡车司机，一个丰乳肥臀的古巴女人，三个年轻小伙，像在开告别单身派对，还有一个美丽非常、浓妆艳抹的金发女郎，国籍不详，估计是本地人，肚脐上还挂着个铜环。他手肘撑着吧台，点了一瓶威士忌，鬼知道里面装了什么，现在有人开始放音乐了，他们看到了我这生客的脸，他想。天花板上悬着一对炫目迷神的灯球，如同喝醉的行星一样旋转着。音乐似一条蛇钻进了身体。金发女郎邀了三个小伙中的两人共舞，她紧贴在他们中间，状如三明治，她的乳房和屁股一起抖动着。但他没兴趣看。"生意怎么样？"他不合时宜地朝吧台问了一句，酒保像看白痴一样看了他一会儿，才回答道："就和这破日子一样。"他笑了。他想，整个旅途中他还是第一次笑，就在这座藏于拉曼却腹地的深夜酒吧里。他像猛扎进泳池一样痛饮起来，就在这时，吧台和堂奥之间开了一扇门，走出一个高高瘦瘦的斯拉夫女人，有一头浓密的金发和全世界最白的皮肤。他想："这酒吧真是应有尽有啊。"他就喜欢金发妞。共产主义运动的失败带来了一大把金发碧眼、甜美温顺的女郎，她们眼中都有一种隐秘的怀念。怀念什么呢？怀念故国，怀念一去不返的童年，任何失去的事物都会造成怀念。这是女郎向他靠近时他所想到的。没有选择的余地：喝啤酒的卡车司机才刚和古巴女人调了情（真是一把锁配一把钥匙，他想），肚脐拴铜环的姑娘和那三个人厮混在一起；只剩下他和他的威士忌了，夜幕初降，这个八月如此疲乏。她在他旁边拣了条金属凳腿红色坐垫的圆凳坐了下来，他帮她点了威士忌。"这就是人生。"他说道，自己也不知道是什么意思。他问她："你叫什么名字？""纳迪亚。"她回答。她说了纳迪亚还是纳迪耶？早在历史的开端，恶就战胜了善，巴别塔就是无可辩驳的证据。如果叫纳迪亚，她一定是罗马尼亚人，和科马内奇同名，就是那个在共产主义时期拿遍金牌的科马内奇。但假如她说的是纳迪耶[1]，这或许是一道密信，是对她生存状态的坦白：单身，非法移民，被一伙俄罗斯黑手党剥削着。这就是人生。"科马内奇，科马内奇。"他对她喃喃着，想以此搭讪。她没有表现出听懂的迹象，却蓦地将手伸向他的裤裆，那只手白

---

1. 西班牙语单词 Nadie 的音译，意为"没有人，无名之辈"。

皙纤长，指甲涂成了紫罗兰的颜色。看来没时间可以浪费了。每三十分钟一场幽会，先生们，这就是买卖，这就是民主制度。他痉挛着拿开她的手。"让我的裤裆消停会儿吧。"他说。她不知道科马内奇是谁（他年轻时偷偷迷恋过的科马内奇），却早早熟知了裤裆那点事。这就是人生。人生是一种疯狂，一个圣徒或诗人如是说。只消两瓶劣酒，任何诗人都可以是圣徒，反之亦然。她倒未见慌乱。不是所有男人都以相同的方式开场，但结果总是一样的。"你想跳支舞吗？"她开口道，拖长的颤音使殷勤的话语听起来有些浑浊。他摇了摇头表示拒绝。其实，他是想好好欣赏一下她的。她很美。那是一种略显虚弱的美，美得一尘不染，带着一味浑然天成、注定来自过往岁月的优雅。"布加勒斯特？"他又问道。她摇头否认。"康斯坦察？"这下她笑了起来，难掩欣喜和肯定。然而他有一种感觉，大概她打定主意了，不管他说什么都用笑容来回答。说到底，有什么差别呢？客人给她花钱可不是为了了解地理的。他没去过康斯坦察，但他答应过自己要去。他还需要一个切身的理由才好成行。他心头有些疑虑，又要了第三瓶威士忌。很快，他感到振作了一些，但他知道这是酒精的作用。他酒量不好：喝到第三瓶，他觉得他爱着全世界，首先，爱他的仇人。正如旁人沉迷于攻击挑衅，他沉迷于酒精，沉迷于不加区别的博爱。可是，一点点过分的爱意有什么要紧？来，来，你们告诉我，面对这位甜美无比、金发碧眼、出生在康斯坦察、陷于俄国黑帮之手的罗马尼亚姑娘，突然感到深深的同情、巨大的怜悯，有什么错？尽管她想把手伸进他的裤裆，而他相当自重地拒绝了。同情吧台那个面如海象的胖子，对养孩子上瘾看电视着迷的亲爱的前妻念念不忘，对三个陌生的年轻人心软——他们打算花上区区二十欧元和那个打脐环的姑娘玩一场，还包括在店里的消费——这些又有什么错？喝酒的时候，他的慷慨更胜平常。世界在他眼中变美好了，尽管有失业、车祸、国际恐怖主义、共产主义的失败、他自己婚姻的失败以及欧洲电影的衰落，更有甚者，他想为一切买单：为酒食、卫生纸、妓女和良家妇女、修车费买单，还要给所有非政府组织捐钱，给衣不蔽体的人捐衣服。他就是这样的人，所以，喝到第三瓶酒，他非要给罗马尼亚姑娘放《国际歌》，这是他手机里唯一一首歌，他特意从网上下载的。没用的。她肯定是柏林墙倒塌以后才出生，要么就是听力有缺陷，因为她压根没听出来是《国际歌》，而是对他说："我知道有个地方。"他觉得这个提议很有意思，只要她别再碰他的裤裆了。他已经五十出头了，不是那帮年轻的猪猡，可以随便去色情俱乐部睡非

　　　　　　　　　　　　　　　私人房间

法移民的罗马尼亚妞。那地方不远，是个龌龊不堪的小屋子。但在已经四瓶威士忌下肚的他看来，这个所在只是有些隐蔽而已。这就是人生。只要一点点酒精，一局掷钱游戏，一个人的所感所想就会全然不同。他们双双向床上倒去的时候，他恰好想问她，为什么她美丽的蓝眼睛里总有一种朦胧的惆怅，这个词他不会用罗马尼亚语说，但他发现她能明白。他知道她听懂了，因为她忽然更忧伤地看向他，仿佛在哀哀求助。狗娘养的蛇头，他们跟她说了什么啊，肯定说什么西班牙是阳光之国、海滩之国，风情万种，到处是弗拉明戈舞者，有金山银山，还有大把想结婚的男人，他们会把你带回一个有家具、洗衣机、厨房的温馨小家，每天做一次爱，就一次，不多不少，我保证。嫁给我吧，嫁给我吧，我们一起离开这该死的通宵酒吧，远离这该死的公路，还有路边的发电风车、桑葚渍一样的加油站，我们到康斯坦察去吧，那是你的故乡，我们可以一起听《国际歌》，你的眼神里不会再有悲伤，我们可以一起去湖边，你生命里不要再有别的男人，你再也不用这样宽衣解带，不用含着我的阳物，我会学罗马尼亚语，你也会学英语，我跟你保证。

小屋子里一定藏着窃听器。后来有人给了他重重一棍子，把他丢在了加油站，任他两肋骨折，脸肿得像块蛋糕。他们警告他别想着报警，别想找到那个斯拉夫女人，也别想打电话——他的手机被拿走了。酒吧门口的壮汉肯定和他们是一伙的，看见此情此景，他一句话也没过问，好像被打得肋骨骨折、鼻青脸肿、嘴唇残破是件再寻常不过的事。那些人渐渐走远了。他想止住汩汩而出的鼻血，同时耳畔缥缈地传来了《国际歌》的伴奏声。

救赎

La redención

杀了五个女人后，他收到许多信。收件人写的都是他的大名（早就登过报纸，也已在所有电视频道上被广而告之），寄往关押着他的中央监狱。正当法院委托的专家们在鉴定他究竟是慢性精神病患者还是仅仅发作过偏执性精神病症状（也可能是遗传性的浮动型精神分裂症，会因酗酒而加重：精神病专家们对此莫衷一是），他打算从他的单间牢房里写回信，那不如说是个盒子，装着马桶、床、书架、一桌一椅和一个塑料文件袋。这个囚犯保存着受害者的照片，并非死神降临时的留影（那未免太令人毛骨悚然），而是媒体发表出来的、静态的证件照。每张背后都用印刷体字母仔细地写着受害者姓名，以免彼此混淆。叫玛利亚的这个女人很美丽，一头金色波浪卷发，笑容可亲，他注视她的面庞时，为这笑容而惊讶了。照片大概拍摄于她人生里非常特殊的时刻，否则他找不到任何理由来解释此种幸福和自信。她一定是个天真的人，她的生命以血淋淋的结尾证实了这一点。玛尔塔则更年轻，也更忧郁。她有着乌黑的长发，眼神含悲，令他怒从中来。他想略过她。她经历了什么才会如此哀愁？如果说从前她的忧郁还缺乏理由，现在理由已经充分了。第三个女人叫莫妮卡：肥胖、傲慢、自满，只需简单一瞥就能猜出她嗜好酒心巧克力、喜欢奶油蛋糕似的精致发型和周末舞会。她太胖了，故此他颇费了些工夫才处理掉她。接下来是胡安娜。她长着一张雌雄莫辨的脸，而且剃了短发。她的男性化面容很容易引起误会。而他憎恨性别混淆，便致力于纠正自然母亲的舛错。最后是约兰达，一个黑人女孩。想到警方把她加入连环杀人案时的犹疑，他还是忍不住发笑。他杀她只为证明自己没有种族偏见。他没有这种顾忌。对他来说，杀的女人是白人还是黑人无关紧要。约兰达是大学生，主修劳工权利一类的专业。可是，在一个工作越来越难找的世界，谁还关心劳工的权利？稀缺年代，权利也是稀缺的。他不喜欢知识女性。她们是一群僭越者：不肯安分地待在自己的位置上，妄图越过边界，入侵别人的地盘。就因为约兰达是黑人，警方大费周折才把她和其他受害者联系在一起。如果不是他亲自给他们寄了线索，恐怕他们至今也没想到个中关联。他是用邮件寄的，就是为了帮助警方加快破案进展。正如厌恶性别混淆，他也看不惯无能失职。

很多人给他写信。负责送信的狱警喊着他的名字把一大摞信件交给他。他感谢狱警没有多说什么。之前的负责人就会径自发表滑稽的评语，比如对他说："嘿！喜欢你的人可真多！"或者："你小子还真受欢迎啊！"直到一天早上，他紧紧掐住了那送信人的脖子，快出人命了，人们才终于把他俩分开。监狱长对他的动机表示理解，因为他解释说："他取笑我。给我送信的时候总是多嘴。"

一生中他从未收到过这么多来信。居有定所的时候，他的信箱里只能找到广告、账单和交通罚单。现在却有数不清的人给他写信。大多是女人。他从没想过，她们对写作如此着迷。她们中的大多数可以毫不费力地摊开一张纸写信给陌生人。尽管严格地说，他不算陌生人。她们在报纸上读到过他的姓名，在电视上见过他的脸，也看过杂志上的相关报道。她们了解他的作案细节，知道他的年纪，甚至会在信里肆意提到他的身体。"您有一双深沉的蓝眼睛。它们有些让人害怕。但您骗不过我，"一个女人写道，"您心里藏着许多柔情。"他笑了。如果他真有这玩意儿，有什么好藏的？另一个说："你是一个英俊迷人的男人，虽然你自己不信。"好吧，他可不是个狗屎的娘炮。他喜欢叫女人害怕，而要达到这个目的，根本无须英俊迷人。凭身高和性别就够了。他只需要悄悄靠近，抓住她们的背或肩膀或头发或随便哪里。

有时候，也有男人给他写信。曾有记者想让他给电视台做个采访，一份真实可信、百无禁忌的采访，这会让他出名。他咨询了辩护律师。后者告诉他："问他要钱呗。如果他想让你做采访，就问他要一大笔钱。好好利用这个机会。"他考虑过了。钱从来不是他的目标，但来日方长，有钱不是坏事。鉴于表现良好，十年后他就刑满释放了，出去的时候能有一大笔钱可太棒了。然而，仔细考量过后，他也有顾虑。如果有很多钱，他就得赔偿受害者家属，那么钱很快就会用完。因此他决定亲切地回复记者，眼下他不打算参加任何电视采访。

其他男人写信来是为了做交易。虽然没有明说，但他看懂了，他们想让他杀掉他们的妻子、情人或姘头。他们似乎隐晦地把他当成拿钱办事的杀手了。这些信让他怒不可遏。他向来在毫无了解的情况下，随意挑选受害者。他所知道的关于她们的信息，都是后来从报纸上看到的。他不想替一个家电推销员杀死他不堪忍受的妻子，也不想帮一个足球明星做掉声称给他生了儿子的老相好。律师说这叫多米诺骨牌效应。如果一个男人把他老婆活活烧死了，那么一段时间之内，其他男人就会受启发而做同样的事，于是会出现许多被烧成炭灰的女人。多米诺骨牌效应使陪审团裁决更复杂了，因为检察官以"社会预警"为由主张加重他的刑罚。律师建议他不要给这些男性崇拜者回信，而是尽量做出忏悔的样子。他没有这么做，他可不是伪君子。女人的来信则更亲密。很多人辱骂他，管他叫杀人犯、虐待狂、魔鬼、杂种，但他可以一笑置之。他喜欢女人恨他：这是优越感的一种表现。只有下等人才仇恨，上等人只是鄙视。其他人则要求解释。他才不会把安宁拱手送给她们。让她们尽情吓唬自己吧，这是他的权力，也是他的孤独。

另外，有些信教或皈依某个宗派的女人。她们所属的派别名目众多（诸如耶和华见证人、维拉克鲁兹、锡安的女儿们、末日之光等），所有人都愿意宽恕他，只要他肯皈依，肯拥抱她们的信仰。律师建议他虔敬地给她们回信，这也能证明他的悔过之心。

他收到过一个犯罪学学生的信。她想写一篇论文，标题颇为复杂：《玛利亚、玛尔塔、莫妮卡、胡安娜及约兰达被杀案中的社会政治问题》。信中附有一连串提问，涉及他的家庭、出生的社区、中学和大学老师、他做过的工作、他的性启蒙年龄以及政治观点。她还问他在最近几次选举中给什么党派投了票。他觉得这些问题太私密了，故而没有回答，转头问她要了地址和电话号码。他想象着，从他提要求起，女学生的日日夜夜就不得安宁了。电话铃一响，她就会跑着去接，带着一种分不出是恐惧还是好奇的心情。

还有些女人想救赎他，但不是通过劝他信仰某个宗教或教派——她们想用爱情救赎他。比如一个叫伊内斯的女人给他写了封饱含柔情和怜悯的信，她说她愿意把所有的爱都给他，以弥补他在童年、青年和成年缺失的关怀。她一点也不在意他做过什么，因为她确信那只是缺爱和孤独造成的恶果。她要把爱情的狂潮注入他的心间。她会做他的母亲、姐妹、妻子、情人、伴侣。（"这么多娘儿们"，他边想边笑了出来。）她提出可以每周定期探望他，为他操劳：帮他缝制御寒的毛衣、毛袜和睡帽。她会负责打扫他的屋子，为他做最爱吃的饭菜，在他生病的时候照料有加。她相信有了她的爱，他一定能变成好人，融入社会。她还向他提议在监狱里幽会，甚至生个孩子。不过，她不是唯一一个要爱他的女人。但他通通拒绝了。她们表面上好心，实则非常自负。因为只有自视甚高的人才会相信自己的爱有这么大本事。

他最感兴趣的是最新收到的那封。内容简洁明了。写信的女人坦白说她厌倦了生活，厌倦了疾病和不幸。她对继续活下去毫无兴趣。她想做他下一个受害者。她任由他挑选作案手法（她甚至不需要他保证避免痛苦，因为她的身心都早已习惯承受疼痛），还答应完成任务就给他一笔合理的报酬。她只想知道他是否接受这个提议以及大概什么时候能付诸实践。

他仔细掂量了这件事，起初，他觉得很有意思。那个女人给他寄了一张照片。摄像艺术是残酷的，在监狱图书馆，他从一个摄影爱好者（他因制造假币而以诈骗罪入狱）捐赠的藏书里了解过。那是张黑白照，上面的女人五十来岁，面容虚弱，目光忧愁。她有灰色的头发和小小的眼睛，爬满皱纹的脸上挂着不胜忧郁的表情。他想，她都能当他的母亲或姨妈了。

他不想立马回信。他得考虑考虑。假如他提早出狱或因精神病发作（专家们仍未敲定这个问题）而被保释，他会需要一份工作。然而，从多个角度思考过后，他决定置之不理。在他看来，杀死一个求死心切的人简直是一种奉承。他怎么会甘心讨好别人？他是艺术家，不是病人，也不是精神病医生，更不是劳工。他生活的时代，人人都应该成为自己的经理、自己的老板，而非受雇于人。这个女人也搞错了。

他把信放好，随即打开了一瓶橙汁。律师今晚给他打过电话了，说案子会顺利的。院方打算凭暂时精神错乱来酌情减刑，如此，事情就好办多了。既然病是暂时的，他既不用被关押在牢房里，也不会被送进疯人院——法官认为，面对现代生活中巨大的情感冲突，任何人都可能暂时地发疯。律师还建议他一如既往地好好表现，多理一理图书馆的书，扫一扫牢房，玩一玩字谜游戏。他唯一的癖好是看陌生女人的相片。但它们不是偷来的，也不是通过别的非法途径得来的：是她们夹在救赎之信里，自己寄给他的。

寻觅

Se busca

那声音如此诱人，几乎催她入梦；她被丝绸般的柔软摄住了，只知像熟睡的婴儿一样呢喃着。她宁愿她永远说下去，不止不休，不论所言为何物。说什么不重要，重要的是怎样说。她想她该是位歌手，一位她素不相识的歌手，尚未功成名就，但指日可待。她的嗓音萦绕耳畔，温暖而性感，媲美黛琳达，不，更像玛利亚·白莎妮亚[1]。总之她想一直听她讲话——虽然自己并不答言，因为那声音的主人什么也没问——如听一支摇篮曲，一支古老的、似曾相识的眠歌，但，话音戛然而止。电话公司的机器客服告诉她，通话将在几分钟后结束，因为她，正在倾听的她，已经超过时限了。她不得不借助这项服务。自从克劳

---

1. 黛琳达（Dalida），原名 Yolanda Gigliotti，1933 年出生于埃及，后成为法国歌坛巨星，1987 年去世。玛利亚·白莎妮亚（Maria Bethânia），生于 1946 年，巴西著名歌手。

迪亚把号码给她——给的时候不假思索得像一个自以为是又轻信的女人——她已经给她打过好多次电话了：睡醒时，出门上班前，匆匆回寓所的路上。和从前相反，现在她一下班就盼着回家，渴望打开家门，取出门底下的饼干券或肥皂券，她想拥抱她的猫，那只总是像雕塑一样坐着等候她的猫，想把自己扔在沙发上，伸开黑色长裤裹着的腿（她有点胖，所以偏爱黑色），然后给她打电话。她太想和她说话，猜她的言外之意，太想听她的嗓音了，便央求多聊一会儿（虽然更像对方在独白）。克劳迪亚温柔地答应了。她说好，别担心，她还会在这儿，和她说话，对她耳语，告诉她我爱你，我喜欢你，你是我生命里最美好的存在，我要吻遍你全身，你也要吻我，我湿润了，我湿透了，我要脱掉上衣，我想让你舔舔我的汗，流淌在我乳房间的汗，不，还不行，等等，让我先脱掉丝袜，你总是喜欢黑色的吗？啊，是的，我知道你喜欢这个颜色，黑色渔网袜，你喜欢我的腿，我的膝盖，我喜欢你的爱抚，可是机器客服突然宣布，她的通话只剩三分钟了。她不明白愚蠢的机器人为什么要把聊天叫作"通话"，这个词严肃多了。她连忙说晚上再打给她，她会买张新的电话卡。电话兀自挂了。克劳迪亚说过要值班，不能打过来。她是市里一家公立医院的护士，白天工作好几个小时，晚上还要值班，有时候为了赚外快，有时候则是替同事的班。她也有很久的班要上，不过没那么累人：她是一家女童游泳机构的教练。女孩儿们身子没入泳池，交头接耳不亦乐乎，宛如清潭上的小鸟；有的跳着，有的游着，有的在装死，还有的像海豚一样向池水深处滑去。她们是贪玩的海豚，轻盈又敏捷。而她有的是耐心。她是个耐性很好的女人。她喜欢看小女孩湿着双腿和脊背，看水滴淌过她们的身躯，或沿着她们湿漉漉的发梢一直落到腰际，看泳衣形塑出纤瘦的身影——一个胖姑娘也没有，她们个个都在意身材，关心时尚问题。女孩儿们全凭她指导，听她的建议。她们很信任她，或许是因为她的指令总是温柔而有力。她宁静又沉稳，有一种毫不惹眼的权威，几乎无法察觉。起初，她们套着救生圈像小鱼一样在水中嬉戏，有些大惊小怪，但都很矫捷，身体能轻松地跟上指令，不一会儿就游得很快了，但她必须留神，总有些女孩子比别人更大胆，总有人想出风头而鲁莽行事。她看管着所有人，她们却浑然不觉，也许是因为她有双天蓝色的眼睛。你看不到天蓝色眼睛的深处，她想告诉克劳迪亚。它们仿佛没有纵深，而是溶漾于表面。不会有深邃的天蓝色目光，也不必指望一双天蓝色的眼能传情达意。但克劳迪亚似乎无须借助表情就能理解她。她也不善言辞。前女友（她们在一起四年，整整四年，每年三百六十五个日夜）说过，和冰箱聊天都比和她沟通要容易。虽然这话伤了她的心，让她很难受，她也未曾辩驳，因为前女友（彼时没有工作，前度经济危机时被手机厂辞退了）整天都待在电视机屏幕前，秀着颀长漂亮的双腿，一边吃冰淇淋，一边给头皮做按摩，她怕掉头发。前女友对头发着了魔，那是一头颜色如桃花心木的秀发。她喜欢摩挲她的头发，但时常要收敛着，因为前女友觉得让别人摸头发很不好，会产生电磁感应之类的东西，进而引发早秃。前女友以看电视度日，却抱怨和她交流比和冰箱说话更费劲。前女友总有借口足不出户，待在家里看智力竞赛节目或电视剧，她却讨厌屏幕，只会偶尔看看网球比赛和少数几场游泳赛事的重播。

她在电话里和克劳迪亚说过，她话不多，但反过来，很善于倾听，她喜欢人们的嗓音，会单凭音色爱上一个人。但说实话，她一开始倾心克劳迪亚是因为照片。那是在一个网站上，付了一小笔钱后，她登录"女孩寻找女孩"板块，看到了克劳迪亚的照片。她从未这样做过，点进网站门户之际紧张得如同在触犯禁忌。她憎恶禁忌，她太坦诚、太真挚了，不喜欢隐秘的东西。网站提供了一个照片库，还有相应的名字。用户如果要获取其中某个女孩的电话号码，必须实名认证并再次付费，然后询问所选的女孩本人。她很庆幸选中了克劳迪亚（她认为克劳迪亚不仅是最漂亮的，也是长相最甜美聪颖的，一个眼神就让人安心）。第二天，她收到了回复，那是一个加密的号码，可以用来打给克劳迪亚。

她们住在不同的城市，但她并不在意。她在一本杂志上读到过：要选择爱人，不要挑选环境。尽管不常旅游，她也有过几次坐火车短途出行的经历。而且她很喜欢克劳迪亚的城市，主要因为靠海。她的城市只有一条河，无论如何，大海与河流不同。大海给人一种无穷的空间感，而河流不能。

克劳迪亚对她说，别担心距离，她们每天都可以说话。她寄了自己的照片，但有些惶恐，因为她算不上美人：运动使她肌肉发达，但嗜甜和父辈的遗传也让她发胖了。她的头发是红色的，短短的，梳在脑后，脸上和身上都很白，长满了一簇簇小雀斑，一双水汪汪的蓝眼睛：看起来有些男相，但她无意掩饰。第二次交谈时，克劳迪亚笑着告诉她，自己是双性恋，喜欢有女人味的同性。电话另一头，她闻言很高兴，她一向喜欢双性恋。但她得想办法解决女人味的问题。

没聊多久，她坦言道，我很孤独。克劳迪亚说，住在大城市的人也会孤独，他们没时间相互交流，工作和通勤把日子都吞噬了。克劳迪亚说她的生活很单调，下了班就回家照顾生病的母亲。母亲患有退行性疾病，卧床不起，她是独生女，父亲早就抛弃了她们。她雇不起别人来看护母亲，何况她自己就是护士，但她太累了，也没什么空。她需要一点关爱和柔情。"我会把全世界的爱与温柔都给你。"她对此回应说。眼下她们只能继续电话往来，克劳迪亚担子太重，实在分身乏术。但她非常多情，非常温柔，而且毫无顾忌，她说她想做爱，喜欢想象有一天她们会见面，终于可以触碰、爱抚、亲吻彼此，那时她们都一丝不挂，她浑身湿透，渴望用嘴在她身上游走，让她悸动不已，"有时我感到，腋下、嘴里、手臂、肚子，我全身都是情欲"。

三个月后，她对克劳迪亚说她再也不能忍受分离了，她想见她，哪怕只有一个周末。她的积蓄已经不多了（她仍旧用一个加密的号码给克劳迪亚打电话，花费是寻常的十倍），但她打算在克劳迪亚的城市租一个酒店房间。她度过了一个又一个寂寞的长夜，在谷歌上查看酒店，比较价格、服务和房间，最后选定了小巧、优雅、低调的一家，正适合一对初次相见的爱人。她们会一块儿度过周末。

买机票前一天（她难以承受坐长途火车的焦虑），克劳迪亚告诉她，母亲病情恶化了，住进了她工作的医院。

她顿感绝望。要克服这沮丧并非易事，那晚她没打电话过去，不是为了惩罚克劳迪亚，而是因为她去了一家同性恋酒吧。她在里面喝了个烂醉，也证实了没有别个女人能让她心动。她只想要也只需要克劳迪亚。第二天早上她打给她，喝下的金汤力仍有后劲，说话还含混不清，她为自私道歉，请求对方原谅她没有将心比心。几个星期过去了，她们仍然保持电话联系，深陷于彼此声音里如梦似幻的性感。

　　这一次她什么也没说，而是决定给她一个惊喜。听说克劳迪亚的母亲已经出院回家了，她当即买了机票。她悬着一颗心，满怀期待又紧张不已地踏上了旅途。她嚼着花生，要了一杯威士忌。飞机上禁烟，她从不抽烟，但现在她能理解抽烟的人了。她读着时尚杂志，吃掉了三块和香草冰淇淋一起出售的巧克力。她觉得座位太窄，而旅途又太长。她数次起身去厕所，紧张情绪让她不停想尿尿。终于，在乘客们的掌声中，飞机缓缓落地，她来到了克劳迪亚的城市。

　　到了那家公立医院，没有人告诉她任何关于克劳迪亚的消息，她本人也没接电话。所有人都行色匆匆，护士来来往往，急救通道挤满了人，仿佛一家军营医院，她想，最好别在这儿生病，也别在这儿上班。许是病人太多，或人手不够，只见患者家属在走廊上踱来踱去，医生护士在他们中间马不停蹄地穿行，没空回答任何问题。埃斯特尔理解了她心上人的疲惫乏力，这样一份工作压力太大了，她庆幸自己只用待在气温宜人的游泳馆里，通过游戏教小女孩学游泳。

　　这座城市很大，比谷歌上看到的还要大，不过她租好了酒店房间，决心无论如何都要找到克劳迪亚，给她一个惊喜。她迟早会接电话的，等她空下来看到来电号码，肯定会接的。她只需要等待，尽管，此时此刻，等待让她紧张不安，茫然无措。她决定就在宾馆里等，至少舒服一些。她脚很疼，需要好好休息。她看着电视打起了瞌睡，这让她不由自主地想到前女友。临近子夜，她醒了，便走到阔大的窗边，凝望着城市的夜色。一排排红灯、绿灯、黄灯亮起。因为拥堵，车流缓慢地行进着，嘈杂声不绝于耳，像水在锅里沸腾。一种淡蓝色的烟雾笼罩了整座城市，这就是污染，她想，呼吸着这种烟雾，他们怎么活得下去？她在前台点了一份三明治、一杯咖啡和一包饼干，酒店没有打烊。她又拨出那个秘密号码，这串独家的加密数字，在她们中间搭了一座桥，安了一条脐带。克劳迪亚的手机关机了。她不用值班，至少没听她提过，所以很可能是她母亲又病情恶化了。她给克劳迪亚发了条短信："我在萨沃伊酒店。我想见你。我爱你。"

她接着等。短信没有回复。她不停地打电话，似乎已经失去耐心。就着花生和橄榄，她喝完了房间冰箱里的瓶装饮料。这个时间点，所有电视频道都在播放色情电影或星座咨询一类的垃圾节目。最后，她看着一部美国老电影睡着了，一部由罗伯特·米彻姆和埃莉诺·帕克[1]主演的剧情片。

《寻觅》是七台最受欢迎的节目，因此被安排在每晚九点到十点的黄金时间播出。它的成功得益于和侦探小说相似的形式。一个人寻找另一个人。寻找者会讲述自己的人生故事，讲述自己寻找姐妹、父亲、朋友或旧爱的原因。节目组挑选嘉宾，并组织一个专业团队负责调查，往往能成功；他们找到过被认为已经去世的人、远走他乡或改头换面隐姓埋名的人。调查期间，节目组会报销嘉宾在酒店的住宿开支。出人意料的重逢必须发生在片场，当着现场和电视机前观众的面。这是不可或缺的条件：就像刑

---

1. 罗伯特·米彻姆（Robert Mitchum, 1917—1997），美国男演员。埃莉诺·帕克（Eleanor Parker, 1922—2013），美国女演员。两人曾共同主演 1960 年上映的电影《情乱萧山》（Home from the Hill）。

侦电影里一样，黄金时段必有悬念。

　　他们联系她是十天以后。她刚好有时间回了趟家。她不想待在城市里，烟雾让她窒息，而且她想猫了。《寻觅》团队进行了调查，现在，备受期待的相见终于要在舞台上、在观众面前上演了，所有人都可以分享她们的幸福，所有人都会品尝喜悦，因为世上并非只有坏事，爱与善会战胜一切。

　　她没有特意为上节目而换身行头。她穿着白衬衫、黑色 V 领毛衣和同样黑色的长裤。不过她买了一双白袜子和一双意式休闲皮鞋，鞋子稍微有点紧，但让她更有女人味了。那位著名主持人请她在台前讲述自己的故事，她紧张不已。她从来没有当众演讲过，刺眼的灯光和挂在背上的麦克风给她一种怪异的感觉，就像在集市上一样。她讨厌集市，而且她从未在公众场合发过言。她于是轻描淡写地概括了事实：克劳迪亚在市里最大的医院工作，她母亲生病了；她想给克劳迪亚一个惊喜；她们至今未谋一面，但已彼此承诺要永远相爱。尽管她说话声音很小（以至于主持人不得不两次要求她大声一点），她的脸颊还是红得发烫，眼睛也在发光。她说完便满怀期待地看着，主持人在摄像机前做了总结：

　　"我们今天的嘉宾要寻找的人叫克劳迪亚，一个她在

'女孩寻找女孩'网站上认识的女人。克劳迪亚在本市最大的医院工作，但医院方面无法或不愿给我们的嘉宾提供消息。克劳迪亚留下的号码已经打不通了，我们无从知道她是否接到了电话，而她母亲又病得很重。尽管可以利用的信息很有限，我们的团队还是完成了很多工作。他们做了必要的调查，为了让埃斯特尔，这位热恋中的女人，最终能在这个舞台上和克劳迪亚相遇。广告之后，请大家一起见证这一幕。"

广告休息时间很长，她被孤零零地留在演播厅外的一个小房间，除了白茫茫的灯光，里面空空如也。反正也没什么好看的。她以为这是一个医院一样的无菌隔间。甚至没有一台电视机，她连候场时插播的广告都看不到。她很紧张。这个节目她看过几次（她前女友是它的忠实观众），知道团圆有多感人：有时候，嘉宾会一边泪流满面，一边口齿不清地发言，激动情绪让他们变得结结巴巴的，但此刻，她只担心自己会尿急。就像小狗一样，她害怕一见到克劳迪亚，肾脏就会止不住地把液流注入膀胱。她到处都没找到厕所，上电视的人是不该尿尿的。

一个满身电线的工作人员来找她，把她带回了演播厅。耀眼的聚光灯照到她身上，主持人（算不上太漂亮，只有一种寡淡又稍纵即逝的美）重复说了她要寻找克劳迪亚，克劳迪亚是位护士，她们维持着虚拟的爱情云云。

锣声响起。节目用中国锣声来预告舞台中央大门的开启。那扇门用黄色幕布遮着，被寻找的人会从门后出现。克劳迪亚。主持人念出这个名字。而她感到锣声太久也太俗了。她做梦都没想过是这样的相见，她设想的见面场景是远离公众的，要私密得多，也浪漫得多。在一阵似乎同样漫长的寂静里，大幕被拉开了。锣声后的奏乐延续了悬念。这就是节目的结构。这样设计，就像专家说的，是为了提高观众的预期，为了"营造氛围"。

没有人出现。时间一秒一秒过去，无人现身。太精彩了，她想。全世界都沉浸在悬念里：摄像机、舞台上的耀眼灯光、锣声、麦克风、大街上汽车的轰鸣、观众的掌声、幕后的指令、小男孩和小女孩放学、商业交易以及飞机航行。

主持人任由寂静像毯子一样笼罩着整个现场。她则瘫坐在嘉宾席的紫色沙发上，一动不动。只有她的眼睛——那双湛蓝如水、什么也不表达的眼睛——死死盯着门后的楼梯，以往《寻觅》找回来的人就是从那儿走下来的。

此时，又一阵锣声响起。与第一次迥然不同。第一声是悬念，是等待，是紧张。这一声却是盖棺论定之音。它是终末的锣声，属于死亡、埋葬和来世。没有人愿意活着的时候听到它。她也从未在任何电视节目上听过这样的锣声。

"我们很抱歉，"主持人说，"我们的团队进行了必要的调查，却发现克劳迪亚并不存在。你被骗了，埃斯特尔。你是在跟一家公司的员工聊天，他们的业务就是通过手机联系那些寻找爱情的人。"

她很混乱。此时的寂静若非出于精心设计，本该富有戏剧性。主持人再次走近她。

"克劳迪亚根本不存在，我们非常抱歉，"她重复道，"整个《寻觅》节目组都很抱歉。'女孩寻找女孩'网站上的照片与姓名不符，你拨打的号码属于一家出租通信专线的公司；女员工和客户通话，服务费相当高昂，但客户永远见不到她们，因为她们是假的。这几个月来，你一直在和一个自称克劳迪亚的人聊天，她假装是护士，住在这座城市里，但事实上她并不存在。"

又是一阵锣声，节目落幕时常有的那种。随后可以听见现场和电视机前观众的掌声，这也是假的。

节目结束之际，摄像指导要求对准的最后一个画面是嘉宾的天蓝色眼睛。它们什么也不表达。没有愤怒，没有痛苦，没有惊讶，没有烦恼，没有幻灭。因为它们是天蓝色的。

三 S

Las tres eses

我觉得让亚历克斯陪着我们是个馊主意。这孩子本可以去安普尔丹参加夏令营，或去亚利桑那某个交流营学英语。但我妻子决意带他一起来。待在租来的海滨公寓里，他倒也自得其乐。房子比城里的家更小，却更喧嚣：楼下，海滩前面，有一排廉价小吃摊（卖的是干硬的海鲜饭和酸葡萄酒做的桑格利亚），还有许多纪念品商店，喇叭里整夜放着被亚历克斯和他朋友叫作音乐的莫名其妙的东西。

　　"你没看见他一天到晚不是拿着手机就是戴着耳机，那是因为你从来不在家。"芬妮提醒我说。

　　"如果他成天都在家里跟手机和耳机打交道，他来海滨浴场干吗呢？"我反问道，忘了是她坚持要他来的。我只能对她大喊大叫，因为房子虽小，环境却很嘈杂，我们像在城里一样听不清彼此说话。城里有汽车、救护车和电视机，海边也有汽车、小吃摊、游客和摩托。我探头向阳台望去，只见半裸着身子的人群，说实话，这光景看得人不大舒服。有人曾说，夏天是一年里最庸俗的季节。阳光、桑格利亚酒、性爱，这就是我们的卖点。刚好三个S。[1] 如果必须另谋出路，我们就会沦为发展中国家、第三世界国家。我仍然想不通芬妮为什么执意要亚历克斯跟来：大儿子在北方某个城市，斯特拉斯堡还是爱丁堡，都无所谓，亚历克斯完全可以和他一起去的。本来，芬妮和我彼此许诺了十五天的宁静假期，就当作第二次蜜月。我们的婚姻不太顺利，不过，天下哪有顺利的婚姻？在房贷、我的工作、她的工作（芬妮做着兼职）、感冒、腰椎间盘突出和孩子们之间，我感到我们共享的东西只有麻烦。我自问，除此之外我们还能分享什么？我有些沮丧。一定是因为，搬来海滨公寓前，我跟海伦娜说我们别再上床了。芬妮问过两次，我身边有没有别的女人，这让我心烦意乱。我不想我们的婚姻再出乱子了。但要跟海伦娜说开并不容易，她哭哭啼啼的（我见过她在别的场合掉眼泪，并不总是真的那么难过，真正的痛苦往往是内在而孤独的），我感到歉疚，但总有一天要结束的。万物皆有尽时，奸情有

---

1. "阳光""桑格利亚酒"和"性爱"在西班牙语中对应的单词分别是 sol、sangría 和 sexo，都是以字母 s 开头的。

死期，因为它是活的；婚姻没有末日，因为已经死了。

亚历克斯的手机响个不停。早晨、中午、傍晚、深夜，无论他睡着还是醒着，独处还是有伴。打来的总是女孩。的确，十七岁的他已经长成一个高高瘦瘦、皮肤黝黑的小伙了，就像芬妮说的，很招姑娘喜欢。我倒是看不上他这副模样，如果我是个女孩，我宁愿去找一个四十多岁的男人，相貌堂堂，饶有风趣，头上再来几缕恰到好处的白发。亚历克斯还没决定要学什么，如果他还学的话，因为他说一切都是垃圾。他说得对。但是，我每天都要面对这些垃圾，夏天也不例外。垃圾薪水、垃圾食物、垃圾海滩、垃圾旅游、垃圾音乐和垃圾性爱。他们怎么会把黄片里的玩意儿叫作性爱？海伦娜才二十岁；当初，要和她做爱前，我犹豫过，年龄差让我望而却步。但她叫我别担心，她从黄片里学过怎么做爱。亚历克斯和他的朋友们也是如此。搞定她并不难（"搞"这个字真有意思，不是吗？有一次我害怕把她肚子搞大，避孕套是不能省的），只要下班后完成一点性爱任务就好了，就像马路上的打桩机一样。然而，我还是有些沮丧，但愿芬妮不要因为我的烦躁而太失望。

"亲爱的，"芬妮说，"我们今晚在家里吃吧。"

其实，我无所谓。在这充斥着桑格利亚酒、阳光和性爱的旅游景点，要找个待着舒服的地方可不容易。而且，我也得和妻子谈一谈，要亲切有礼，风度翩翩，扮演一个想挽救婚姻的中年已婚人士。

"亚历克斯邀请了一位女伴来和我们一起吃饭。"我妻子告诉我。

"是谁？"我问。

"不知道。我不认识，叫海伦娜。她说你们已经在哪里认识过了。"

空当接龙

Carta blanca

在空当接龙里，玩家要从每列六张的八列牌中把四张 A 腾出来，移动到屏幕右上角，然后按数字从小到大往上叠牌，直到每种花色的最后一张为止，也就是梅花 K、方块 K、红桃 K 和黑桃 K。这样，一局就结束了。为了祝贺玩家取得胜利，屏幕上会放烟花，霎时间流光溢彩，仿佛流星雨——有一首老情歌就叫《流星雨》。也许内心深处，我们仍然是孩子，满屏散落的烟花就足够我们欢欣雀跃了。对于一整天的辛劳和乏味，这是一种公平的补偿。他想，人生总该有点公平的东西。这个游戏看似简单，但有时候，要成功地把 A 挑出来，同时把剩下的牌拖到其他列按从大到小的顺序放好，天晓得有多麻烦。他常常陷入僵局，如同掉进沼泽里无法脱身。但他不会罢休。似乎局面越复杂，他就越觉得刺激，越要不停地一试再试。他想，这里面有一条古老的心理学法则，有关重蹈覆辙，有关犯错与重来，让人想到猩猩和老鼠，还有苍蝇。他听说，重复是上瘾的开端。猩猩就容易上瘾，而我们与之共享着百分之九十九的 DNA。

被他用作办公室的小房间是家里唯一一只属于他的地方，凭这斗室中的孤独，他可以像纸牌里的老 K 一样置身喧嚣之外，远离电视的聒噪、孩子的吵闹、隔壁夫妇的争讼和妻子时不时响起的手机铃声——因为总有不同的亲戚打来电话。沉浸于纸牌接龙诚然带来了放松，但也使他烦躁：只要哪个儿子来打搅一下，问几个愚蠢的问题，或是因为任何原因哭一通，他就受不了了。他有权利孤独一会儿。他就这么点要求：能坐在办公室里，尽力从环伺的纸牌里解救出老 K。他从没想过妻子在家是否有个人空间，这好像是个无关紧要的问题。

他是偶然发现这个游戏的。他没有什么癖好，烟早就戒了，聊天也不是他的爱好，下班回到家时，他早已因为日程、地铁、房贷和政府而厌倦丛生，再没兴趣对着陌生的男男女女打字了。那些人往往隐去了真实身份，认为它就应该被藏起来。或许他们是对的。和他不同，他妻子喜欢看电影。吃过晚饭、把孩子们哄睡着以后，她总爱在电视上看老电影，诸如《卡萨布兰卡》《乱世佳人》《吉尔达》《巨人传》。

大部分片子她都看过很多次了，因为电视频道经常重播，还充斥着插播的广告。但她仍然希望他能陪在自己身边，就坐在那把满是污渍的旧扶手椅上，尽管它已经被孩子们坐瘪了，还给戳了几个洞。她说那是仅有的二人世界的时刻，但其实对他来说，真正诱人的独处是待在办公室里，面前亮着电脑屏幕，努力帮老K从一张张纸牌里突围，防止它越堆越高。他要让国王获得自由。

"我真想不通，你怎么玩这个弱智游戏玩得到半夜！"妻子责备道。

这就是婚姻：它是一连串责备，能轻易攻入私密之域，击溃一个人的自我形象，脱口而出，毫无怜悯，发生在屋檐之下，那是一间没有窗户的小屋子，每天只开两次门，进一次，出一次。

她希望他能在电视机前看电影，还想让他陪自己去街角的音像店里多租几张碟片，"这样我们就能一起看了"，她眼中闪烁着憧憬的目光。"讨好一下自己老婆能费什么劲呢。"他对自己说。然而，这属实是费力的：电影才开始一小会儿，他就打起了盹，她嗔怪他："你这是消极抵抗。"有时，他也想到做爱，但一种惰性每每把他钉在沙发上，所以下次再说吧。只是，最近一段时间，"下次"等于没有下文。两个人似乎也都并未怀念做爱的感觉。这又是一个神话：性的可能。随着时间流逝，任何本能欲望都会终结于日常生活。

如今，下班回家时他怀着一种期待：把自己关在办公室里玩接龙。每当一局获胜，他就感到发自内心的满足，一种喜悦，一种久久不能平息的兴奋。他需要重复这样的体验，于是点下"新一局"的按钮，开始又一轮游戏。但他发现，相比于胜利（以流星雨般绚烂的烟花作为奖赏），更激动人心的是过程。为"国王"扫清道路，出错，改正，重来，这一切比问题的解决更扣人心弦。结果的喜悦转瞬即逝（就像性高潮），而过程的兴奋，解救"国王"并帮他们回到屏幕顶端的王位的欲望，则如同一种春药。"就像高潮一样紧张又短促。"有一回他试图向妻子解释，而她略带鄙夷地看了他一眼。"那是男人的高潮吧。"她说。"我哪知道别的高潮。"他不悦地回应道。有时，他怀疑有很多东西他们从未谈论过。于是，出于一种犹疑，一种恐惧甚至怯懦，他告诉自己，既然是没有和妻子聊过的事，那还是别聊了。

几局过后，筋疲力尽的他像梦游一样踱到床边，他感到肩膀酸痛，肘部神经开始发炎，这可不是什么好兆头。妻子睡着了。她还要早起——她在一家银行支行工作——送孩子去上学。这就是婚姻：早出晚归、家人的电话、孩子的疫苗以及圣诞节，那时候大家团聚一堂并交换礼物，心下却各自发誓再也不要回来一起过节，然而，第二年，他们还是回来了。

一天晚上，正玩着空当接龙，一阵恐惧袭上他心头：这个游戏有多少局？会不会有那么一个夜晚，一个残酷的夜晚，他把每一局都玩过了，于是再也不用为新的老 K 扫除障碍，帮他登临屏幕上的主席台？他顿感不安，痛苦像鞭子一样抽了下来。他讨厌这种突如其来的痛苦，就像自动取款机门口或停车场角落里的歹徒。他开始出汗了。他站起身，试图冷静下来。空当接龙可能会在哪天晚上结束，这个突兀的怀疑让他焦虑不已，把他推入了孤独、恐惧和无意义的深渊。他得想点办法。一想到将来没有接龙的夜晚，他就慌了。痛苦常常是我们不愿承认或直面的某种恐惧。他在屏幕前坐下来，依然不知所措。他不再像此前的夜晚一样用着迷般的坚定眼神看着它，而是投以怀疑和怨恨的目光，因为总有一天这该死的屏幕会扫他的兴。它好像要吞噬他，就像有时候饥渴的阴道要吞下阴茎，为了掩饰恐惧，那阴茎近乎机械地保持着蠕动，而身体其他部分却热切地渴望弃这个洞穴而去，重新获得自由，远离如沼泽般潮湿阴暗的渊薮。他小心翼翼地看了眼屏幕，便发现每局游戏都有一串用黑色小字标在左上角的数字。或许是太激动了，他以前从未留意过。那是每一局接龙的编号，一个五位数，始终显得无关紧要。但此刻，他觉得这个编号或许能帮上他，给他带来某种安全感。他用鼠标点击数字，打开了一个新的窗口。上面说每局游戏都有解法，无论多难多复杂，并且，程序中设定了游戏总共有三万局。他顿时如释重负，长出了一口气。三万局。那意味着他可以从第一局到最后一局，按部就班地玩个遍，一局也不重复。如果出错了，他想重玩多少次都行。这个数字让他眼花缭乱。三万。他感到通体舒泰。足够多了。他不知道他一辈子有没有这么多夜晚。我们生来拥有的时间是不确定的，无法以数字标记，他已经将近四十五岁，也就是说他接下来每天晚上都可以玩，只要他愿意，这个游戏可以陪伴他走完余生。无须操之过急。每一局都应当细细品味，当作一种享受。他现在心潮澎湃。他要从头来过，从第一局开始，循序渐进。如果他每晚通关一局，那么一年就能玩三百六十五局。十年就是三千六百五十局。两年来他已经玩了七千七百局，还有两万多局可以玩。他定下心来。这个游戏几乎是无穷的，不像生活和性高潮那么激烈而短暂。至少，男性的高潮是这样。至于女性的，他一无所知。生活和高潮是有限的，它们有尽头，尽管他不知道是什么时候。他幸福地想象着接下来的夜晚，他再也不用考虑做什么、去哪里、聊什么、看什么电影，因为空当接龙会像忠实的爱侣一样等候着他，永远不会老去。他总有一天会死，任何一天都有可能，但弥留之时，他知道还有纸牌等着他去接龙，也许他正玩到第 2341 或 8430 局。

这回，他破天荒地打开了游戏的聊天区。他想把心情分享给别人。很快，他找到了另一个在线玩家。他叫何塞，尽管未必是真名，但又有什么关系呢？

"你玩到第几局了？"对方问他。

"我玩了很多局，但今晚我才决定从第一局开始，一直玩到第三万局，"他回答说，"我现在快四十五岁了，很可能玩不到最后。但我很高兴。因为这意味着我可以玩一辈子。"

"去你妈的，"另一个人说，"你是白痴吗？因为游戏可以玩到死就很高兴？我不玩了。我可不想归西的时候还惦记着空当接龙。我要去玩蜘蛛纸牌。它只有六百局。兴许我比它活得更久，这倒霉的游戏在我死前就能结束。"

他一直觉得聊天是件蠢事。

H B 2

HB2

在富人区一座奢华的五星级酒店，约翰逊‐詹姆斯实验室组织的肺病与肿瘤学大会提供的最后一份礼物是：免费与年轻靓丽的高级妓女共度良宵。参会者都蒙在鼓里，因为惊喜也是礼物的一部分。大会由约翰逊‐詹姆斯实验室出资，承办方则是秀易毕商务公司。这家公司专于活动组织业务已经二十五年，无论庆典、盛宴，还是动员大会，无论公开还是私人性质，都早已得心应手，这回也称得上专业高效。最近有一位新总裁加入了管理层，被招贤以前，他在老东家的业绩相当不俗。那是家有名的汽车厂，根据"大师指南"机构的观众调研报告，在全国各私有频道投放的广告中，该汽车品牌的观看人数是最多的。

和秀易毕公司组织过的其他活动一样，这次大会很成功。为了应付财务部门监督，公司给客户开出了一张巨细无遗的账单，其中只有一笔名为"娱乐"的款项有些暧昧。对这种做法，客户向来心照不宣，因为秀易毕办事之稳妥是毋庸置疑的。他们收费的确比同行贵了些许，但在这些细节上（比如雇来一群年轻貌美的小姐，只服务于选定的客人并定期对她们进行严格的体检），也着实让人惊喜。

大会旨在向各大医疗机构的肺病学和肿瘤学专家推广一款治疗肺癌的新药。哪怕不能治愈，它仍然有望为患者延长几个月的生命，就像宣传册说的，有望"缓解最严重的病症"。他们在和人类 DNA 相似度达百分之七十五到九十的小白鼠身上测试过，效果很不错，虽然也有不少结果显示（宣传册上没有给出具体比例），其作用和普通的安慰剂（比如方糖）相差无几。"有望"，约翰逊－詹姆斯实验室措辞很谨慎，他们不想卷入诉讼和赔偿，否则，无论财务上还是形象上，代价都太高了。

在这家豪华酒店名为"皇帝厅"的会议室（还有"恺撒·奥古斯都厅"和"大使厅"），每个参会的肺病学和肿瘤学专家都收到了一系列用三百五十克光面纸全彩印制的宣传手册、装有一沓白纸的真皮文件夹、一支卡地亚自来水笔和一管六粒的新药胶囊——它"有望"为肺癌病人续命。胶囊是粉白双色的。按照约翰逊－詹姆斯实验室的说法，这两种颜色对病人有最佳的视觉效果和心理说服效果，它们能以一种不易察觉的方式唤起愉悦情绪：白色是药品的传统颜色，会让人想到一些很有效的药（比如阿司匹林）；粉红色则让人联想到生命之初，想到甜美的希望和童年时光。胶囊形式则是实验室经过严谨的调研后做出的选择。比起平平无奇的片状，病人更喜欢胶囊，仿佛单是这种包装就意味着更好的疗效。

大会开始两天有好几次新药发布会，下午场和上午场都有，包括视频放映、讲话、临床分析等流程。最新一次发布会还有问答环节，但也只是走走形式，似乎所有参会者对他们接收到的信息及解读很满意。

一场一场的会议很累人，约翰逊－詹姆斯实验室也明白这一点，所以提供了一整套慷慨的补偿方案：客人们周末可以免费待在酒店，享受诸多附加服务，包括水疗、桑拿、按摩浴缸、凉水泳池和温水泳池、健身器材、按摩、巧克力浴、泥浆浴、理发、修指甲、传真、上网等等，花销一律由组织方承担。此外，房间里还可以租赁色情电影。

参会者们心满意足。这些会议来得很及时，打破了繁重的工作常态：他们日复一日奔忙在诊所、门诊部或住院部，由于人满为患而又时间有限，常常只好给病人开一张慷慨的处方作为补偿，单子上的药大多无益于身体，但可以打消疑虑，慰藉孤独，安抚人们对疾病和死亡的恐惧。

酒店的位置很优越，毗邻山区，风光绝好，给人一种欣欣然的宁静：松林的苍绿总让人想到寒假和圣诞节。如果房间太安静，和外面反差太大，未免有些瘆人，所以，酒店给每个房间都配置了背景音乐，可以用遥控器播放或停止，有"海洋音乐""森林音乐""舒缓音乐"，还有"愉悦时分音乐"和"天使催眠曲"。

作为附赠的礼物，美人送抱是约翰逊－詹姆斯实验室给参会者准备的惊喜。没有安排在最后一天，而是倒数第二天，为的是大家次日可以安心吃早饭，也能自由支配下午的时间。这项服务反馈很好，只有两位专家未曾享用。小姐个个年轻貌美又识大体，知道守口如瓶的本事和肉体一样值钱，毕竟她们还想继续为秀易毕工作，因为比在别处挣得多一点。

他不明白，为什么名单上都是年轻的小姑娘，但又觉得这么问未免不识时务，男人嘛，总归喜欢年轻的。他之所以生疑，大概是因为意兴索然。瞥了一眼花名册，他选了一个名字，心情没什么波动。可等那位姑娘进了房间，他开始挑毛病了：太年轻、太瘦，而且头发太长。但他马上想起来，自己一向喜欢的正是年轻苗条的长发女人。她一点儿也不丑。她有一张迷人的脸，高颧骨，蓝眼睛（但不是天蓝，天蓝色的眼睛都很空洞），头发染成了亮眼的金

私人房间

色，泛着红宝石的光泽。或许是她的身体吸引不了他。她很瘦，可年轻女孩普遍都瘦。她身上一丝皱纹也没有，胸前一对浑圆的乳房，中间有一道小小的沟壑——他很快下了诊断：胸部下垂，胸骨凹陷。进来不多时，她想解开他腰间的皮带，动作挑逗又娴熟。但他做了个拒绝的手势，转身走向迷你吧台，拿来两小瓶威士忌。他都打开了，并把其中一瓶递给了她。

他说他还需要一点时间，她便温柔地笑了，表示同意。看来她被教得很好，很懂得顺服。随后，他以手示意她可以随便吃篮子里的水果，每天都有人放在客厅桌上，但他从来没碰过。里面有光鲜的皇家佳丽果、外表如天鹅绒的奇异果、暗红的车厘子，还有橙黄色、很好闻的柿子。她说她不饿。他试图找话题，但有点紧张，什么也想不起来。床头柜上放着那管新药样品，她饶有兴趣地看了一眼。

"可以给我一粒吗？"她问。

"不行，万万不能，"他回答道，"你知道这是什么吗？"

"摇头丸之类的吧。你不是医生吗？我的小姐妹都说，客人里面医生是最好的。他们会免费给你开安非他命，他们什么药都有，而且只要你开口，还可以免费给你做检查。我喜欢尝试新药物，是这么说的吧，'药物'？但你别以为我有毒瘾，嗯……我有分寸的。不然他们早就把我赶出团队了。那些人一丝不苟，非常负责。放心吧。我就尝一点。"她好奇地看着管子里红白两色的胶囊。

"可不是你想的那样，"他说，"这是治肺癌的药。你要是吃一粒下去，会上吐下泻一整夜，还会头痛、打寒战。"

她狐疑地望着他。

"你们管这玩意儿叫药？"她说，"不过你别想吓唬我，我见过更可怕的东西。"

当然了，他想。每天都有更可怕的事发生。

"你想再来一瓶威士忌吗？"他主动问她。

"不了。酒精对健康很不好，"她回答说，"你是医生，肯定知道的。"

真有意思。威士忌有害健康，摇头丸倒是无妨。这就是他讨厌年轻人的地方：无知。

"你随时可以离开，"他声明道，又加了一句，"我没兴趣。"

她吃惊地看向他。他肯定一毛不拔，而且理解错了，以为要花钱。其实是组织方出的钱。

"你不用付我钱，"她提醒他，"公司会出的。"为了让他放心，又说道："我也不收小费。"有时候，有钱人反而难搞——他是医生，肯定有钱吧？

"我已经知道了，"他答道，"总而言之，我希望你还是请回吧。"

"你真奇怪，"她这样说，但仍然面不改色，"他们已经提前付给我钱了，你愿意的话，我可以陪你一整晚。我是负责的专业人员，想好好完成工作。难道你不想试试口交或者泰式吗？他们都说我口活好得惊人。我帮你做一次就走。你要是想，我们可以先看个片子。喏，那桌上就有片单……"

"我不想看黄片，"他说，"全都一个样。"

她从没遇到过这么奇怪的人。难得有一次挣钱的活儿，接的是有身份的客人，还是在豪华酒店里——他却让她难堪。

"所有人都说我口舌功夫了得，"她还没放弃，"只要你想，我可以一整个吞下去。"

他忽觉时间长得没有尽头，天迟迟不亮。他咳了一声。

"我累了。请你走吧。顺便把水果带上，明天又会有新的。"他说着便打开了门。

第二天上午，他和六个同事约好聚一聚，调笑佐饮，畅叙旧情。

他们见面机会不多，每次碰到一起，就要放肆地开几个玩笑。他想这是一种克服痛苦的方法。医生这个职业太严肃了，需要一点放松的时间。

上午十点，六个人聚齐了。空调很暖和，他们大多只穿着单薄的衬衫。余下的则身披浴袍，他觉得很像电影里暴发户的模样。

他下楼时穿的是粉色衬衫和米色长裤，裁剪相当优雅，又不过分庄重。

似乎所有人都很受用前夜由约翰逊－詹姆斯实验室准备的礼物，刺激果然有效，此时他们正眉开眼笑地相互打趣。

他到得最晚，大家都热情地和他打招呼。六人要么曾经在同家医院工作过，要么一起开过会，就这样认识了彼此。现在，他们中有几个在喝橙汁或菠萝汁，另几个更喜欢可塔朵。

他点了一杯卡布奇诺，但端上来时，他自己不小心洒在桌上了。勤勤恳恳的服务员赶紧上前。

"不要紧，医生，"他一边擦桌子一边说，"我这就另外给您上一杯。"

有人问他在哪里高就。他说在圣路易斯医院，待了有三年了。这家医院无人不知，大家的看法也都很一致：那是很好的医院，位置不偏僻，接待的都是有条件的病人。

他不用直面烦人的医闹，他的病人不会付不起高昂的医疗费，也不必排长队等待紧缺的床位和专家号。圣路易斯医院推出了一套预诊方案，引得竞争对手纷纷关注。他告诉他们，该方案尚处于实验阶段。

"一切都处于实验阶段。"一位医生这样评论，说着便哈哈大笑，其他人也附和着笑，并不理会原话的本意。

"我觉得 HB2 作用不大。"一位年长者小声说道，他说的正是约翰逊 - 詹姆斯实验室打算上市的新药。他是有年纪撑腰才敢这么说。过了六十岁，很多人觉得终于可以畅所欲言了。

"外地佬，我要是你，压根不会开这药。"又一个人说。他是唯一一个从大早上就开始喝威士忌的，难怪口无遮拦。他是个无可救药的人，谁也拦不住他喝酒。他还曾因为医疗事故受到审查，要不是做议员的亲戚从中施压，他就要被停薪停职了。

"但和市面上别的药比起来，它也没有更多副作用。"另一个人反驳道。

"消息一上媒体，"一个人说，"马上就会有需求的。我们不如买点实验室的股票，你们说呢？"

约翰逊 - 詹姆斯实验室制成了一种肺癌新药并获得了国际药品管理局批准，这个传闻一出来，实验室股价便一路飙升。

"我要再观望一下，"另一位医生说，"上次我买了雷文顿公司抗疟疫苗的股票，结果疫苗没什么效果，于是股价暴跌，我亏了一大笔钱。"

开会开到最后，哪怕有免费小姐，谈来谈去的也总是两样东西：药和钱。

"你今天话很少。"有人盯着他慢悠悠地喝下一口卡布奇诺。

他安静地笑了。

"我听说年底他们要提拔你做部门主任了。"桌子另一头有人对他喊话。

"小道消息而已。"他从容地回答道。

他们中也有人没接受免费小姐的服务吗？他有点好奇。有两种可能：要么是那个酒鬼，要么是那位上了年纪的医生，他马上要退休了，所以有底气实话实说。如果都不是，那么另一个坐怀不乱的人大概不在他们中间，没参加今天上午的小聚。

"你要涨薪水了。"有人又说。

"责任也会更重。"他肯定地说。

他忽然想起来要回趟房间。

"趁大家都在，"他仍然压低着声音，"我想让你们看看……我想给你们看个东西。"他补了一句，但没有细说。

"肯定是你昨晚和妓女玩过头了，一不小心把她掐死了，现在不知道拿尸体怎么办。"说这话的是酒鬼。

"还是说，你这黄金单身汉总算结婚了，要给我们看婚礼照片？"另一个人也开起玩笑。

"都不对。其实是他和一个日本女人好上了，想给我们看她生的眯眯眼双胞胎。"第三个人说道。

"是更专业的技术性问题，"他站起身来，告诉他们，"有个病例让我很不放心，我想参考一下各位的意见。"

这下所有人都严肃起来。开会的时候，总有医生向同行咨询对某个复杂病例的看法，但在聚会上，一般没人这么做。然而，他的专业水平很过硬，如果是连他都有疑问的东西，他们就不能置若罔闻。

"可以赌一赌！"有人喊道，是那个想买约翰逊－詹姆斯实验室股票的人。

大家都笑了，但没人理他。

他迅速坐电梯上楼，用房卡开了门。房卡上印着酒店高级套房的照片，能看到松林蓊郁的山色。他在鳄鱼皮公文包里找到了东西——包也是一家实验室送的——便坐了同一部电梯下来，里面有两个来开会的年轻医生，没有认出他来。

回到同行们聚集的大厅时，耳畔响起钟爱的席琳·迪翁的歌声，他听出来是《泰坦尼克号》主题曲。他的 iPod 里就有，可惜这次出差没带。

他们依旧坐着聊天，但一看到他，就不再说笑了。

他从一个信封里缓缓拿出一张 X 光片，信封上用绿色大字（字体是 Bookman old style）写着"圣路易斯医院"。

"我想听听你们对这个病例的看法。"他没有提供更多信息。

他对着光向他们展示 X 光片。

酒鬼觉得很蹊跷：他是个相当自信的人，而且马上要升职了，怎么会向他们征求意见呢？他于是凑近了去看。

喜欢炒股的那位怪他扫了大家的兴，他们到酒店来开会，会开完就可以放松了。无奈同行中总有些工作狂。

年过花甲的医生盯着片子看了几分钟后说道，这毫无疑问是肺癌，而且是最凶险的那种。另一个人说他接手过一个很相似的病例，他只能不停地给病人做放疗，那个可怜人最后瘦得只剩一把骨头，忍受着脱水和灼伤，还是去世了。

"的确是癌，"六人中又有一个说道，"为什么不试试 HB2 呢？既然是癌症晚期，就算有致命的副作用也无所谓了。"他说完便笑起来。

"好主意，"第五个人说，"这个情况确实没救了。如果是我的话，会试一下 HB2。反正不会损失什么，病人都已经时日无多了。到时候你记得跟我们说说药效如何。"

酒鬼趁机又喝上了。

他举起一杯威士忌，兴高采烈地说道：

"为这个病例干杯，它让我们有机会试用约翰逊－詹姆斯实验室的新药；也为实验室干杯，它让我们度过了这个迷人的周末，还有美丽的小妞！"

"好想法，"有人应声说道，"如此我们就有肺癌晚期服用 HB2 的首个病例了，得把今天的日期记下来。"

好几个人拿出了鳄鱼皮笔记本，那是一家专门研究甲肝、乙肝和丙肝的实验室送的。

"这是癌症晚期，大家都没意见吧？"他挥了挥手中的 X 光片，仿佛那是一张地图。

"全体同意！"酒鬼喊了一声。

"我们给它起个名字吧，"第四个医生建议道，"比如说，就叫'布里斯托酒店病例'，这样方便记。"

"我还以为我们在大马士革酒店呢。"一早上喝下三杯威士忌，酒鬼已经烂醉如泥了。

"你别糊涂了，"六十多岁的医生纠正他说，"这里是布里斯托酒店，X 光片上有一个骆驼那么大的肿瘤。"

"我们来打赌吧，"喜欢炒股的医生提议，"要是用了HB2，病人能撑多久？"

"一个月到顶。"一号医生说。

"小伙子，你也太夸张了，"二号医生说，"我赌三个月，要看HB2的用量情况。"

"你都当医生了，还老这么乐观，"老者直言不讳，"我赌六十天。"他说着便拿出一张一百欧的纸币放在桌上。

酒鬼表示，要他说的话，不管用不用HB2，病人都活不过二十天。

"我加一点，四十五天吧，"五号医生说，接着把问题抛给了他，"你呢，你赌多久？"

"我赌二十四小时。"他回答。

众人大吃一惊。

"你得告诉我们病人是谁，以及你打算什么时候开始用HB2。"说话的是一号医生，他的本子上是蓝色的字迹。

"我不会用HB2。"他非常平静。

"那我们打赌就没意思了，"二号医生失望地说，"短则十五天，长则三个月，病人必死无疑。不管怎么说，你总得试一试新药，然后告诉我们效果。你知道病人叫什么吗？"

他陷入沉思，向窗外望去。视线下方有一片长满松树的山谷。画面很美。可他还没拍过照片。

"先生们，谢谢诸位回答我的疑问。"他的声音坚定又柔和。

"这是我自己的肺部拍片。我有些怀疑，想得到更好的诊断，有时候接受现实是很难的。至于HB2，我不打算给病人用了。"

他拿起X光片，朝电梯走去。

他不确定有没有把相机带来。

爱寐

Dormir de amor

他们是在公司会议上偶然认识的。当时所有分公司的管理层齐聚在一家大酒店。各个包厢灯火通明，都有着附庸风雅的名字，"地中海厅""西波涅厅""大使厅"云云。这时他挖苦了一句："每年不开上六七个大会，就好像世上没有你这号人了。"而她喜欢幽默风趣的男人，有碧色眼睛的就更加分。他们应该感恩戴德了，这次好歹是家豪华酒店，有很好的客房服务，不像去年那样，公司把他们扔在一个人烟稀少的地方过了两天，用彩弹射击一类的危险游戏来培养所谓"团队意识"——这是青少年夏令营的把戏。

　　两人胸前都别着白纸黑字的姓名签，和货架上的酸奶或饼干相仿。但他们都习惯了，这样方便认人。有些人甚至得意扬扬的，仿佛挂在衣襟或领口上的印刷体大名是一种勋章。"这是半年以来我开的第五场大会了。"她说道，但没有抱怨的意思。她是生产部经理，拿着不菲的薪水，或许再干几年就退休了，到时候看看电影、读读书，可以做点真正喜欢的事情。人这一辈子，只有做很多违心的事，才能做几件称心的事。按照要求，开会期间手机要关机。会一直开到晚上十一点，大家聚集在豪华酒店的"大使厅"，要听完每个分公司的报告。晚饭已经省了，因为每个人每耽误一个工时，对这家跨国公司来说都是一大笔损失；同样地，也没有浪费时间发点心。

　　走进同一间房的时候（仿佛出于默契，他们都进了她的房间），他们都笑了起来。公司明令禁止员工谈恋爱，即便像他们这样住在不同城市的也不例外。"我觉得我们都喜欢明知故犯，喜欢找刺激。"他说。当然，他还喜欢很多别的东西：黑丝袜覆盖下活色生香的双腿、领口就能窥见的丰满胸部、发型、肤色，还有满面春风。她坦白说："你不知道，你在引诱我做危险的事。"她已经结婚了，而且到现在为止，她只在工作上冒过险，作为投资顾问，她经手着别人的钱，每天都在分析投资形势。

　　房间很大，一张宽阔的床君临一般盘踞当中，画面近乎淫荡。一开始，他们像没见过一样，都有些震惊。他走到吧台那里，拿了两杯金汤力，又打开一包花生和一包橄榄，接着连上了无线音响，有四个音乐频道，分别是古典乐、轻音乐、爵士乐和复古乐。他选了最后一种，对不惑之年来说，这是最保险的。"这两夜我只睡了四个小时。"他说。无非因为出差、工作日程，因为一份到了签字这一步还被反悔的合同，还有那个不停索要信息的客户——客户永远是对的。"我睡了六个小时。"她答道。为什么偏偏在公司大会前一天，她十岁的儿子小腿骨折了呢？"你有摇头丸吗？"他一边问，一边徒劳地翻着口袋。她才是需要摇头丸的，她已经不记得最近一次和丈夫亲热是什么时候了，尽管只需要十五分钟，但那是跨国公司的一刻钟，一刻值千金啊。"我没有这类东西。"她回答说。由于妇科医生的忠告，她也不吃避孕药了。她希望他带了安全套。可万一没有呢？他好多年没有听着音乐做爱了，也已经不记得上一次是何时。

他发现不嗑点药就无能为力。他太累了，这该死的疲惫。而且他没带安全套。怎么开口和她说呢？她正躺在床上，楚楚动人，尽管他不知道她卸了妆会是什么模样。难道酒店里就没有成人用品售卖机吗？这东西毕竟不是一块蛋糕一杯茶，打电话购买未免难以启齿。他已经精疲力竭，便轻轻地在她身旁躺下来。他正要吻她，谁知一个不合时宜的哈欠打了岔，他不得不调整忽然松弛的面部肌肉。她似乎也有黑眼圈，一定也是累了。一阵甜美的睡意向他袭来，他想是音乐的作用，就像摇篮曲把孩子哄睡着一样，在催眠的音乐声里，他也是个孩子，在跨国公司身居要职、杀伐决断的孩子。她想说些什么，但实在太疲倦了，而且音乐太让人放松，把她送入了不由自主的睡眠。他用尽力气才握住她一只手，她则温柔地交付了掌心，双眼却沉沉地合上了。就这样，他们手握着手，一句话也没说，也没有更多的动作。时间流逝——多么金贵的时间啊，他们仍然依偎在一起，如同荡舟一般，在梦里摇曳着。

精神治疗

Terapia

几度自杀未遂后，奥尔森夫人住进了精神病院。她每次轻生的尝试都发生在傍晚六点到八点之间，尽管冬天的六点已经入夜，而夏天的八点还仿佛白昼。

　　除此之外，奥尔森夫人没有表现出其他错乱的行为。但她的家庭还是陷入了恐慌，朋友们也纷纷对她敬而远之。她丈夫的生意不得不更改日程。就连主治医生也不免恼火，他始终认为，奥尔森夫人没道理走到自杀的地步。

　　她没有用暴力手法，只是吞了几瓶为了防止抑郁而配的药，或者喝了保姆用来洗地板的清洁剂，要么是丈夫的剃须泡沫。只有一次，她试了试煤气，但操作过程太复杂，大家很快就闻到了煤气的刺鼻味道，她只好半途而废。

　　在这几次尝试中，奥尔森夫人从来没有留下任何说明动机的遗书，似乎也没有报复什么人的意思。每次恢复过来，她都不加解释。但她气色很好，对分内之事也很有责任心。起初人们猜测，自杀不是她的本意，只是精神失常的一时冲动，她是想好好活着的。直到后来，她又一次自杀之举改变了家人、朋友和医生的看法。一种欲盖弥彰的怨恨在她身边滋长起来。奥尔森先生已经懒得应付儿子打来的烦人电话。儿子说母亲又想自杀了，还说她的主治医生突然借口要出国旅游，把她推给了更年轻的医生，而这一位对病人一点也不上心，只想着多收医药费。明知道奥尔森夫人上次就是服药自杀的，他还是给她开了抗抑郁药，还建议她去一家好点的精神病院，以便得到最好的照料。

奥尔森夫人不想给家人添麻烦，而且她有个热衷于炒房的单身姨妈，去世时给她留了一小笔遗产，于是她决定住到精神病院里去。

入院过程很顺利。她做了一次测试，要回答下列问题：

（1）您认为自己是乐观、不太乐观还是悲观的人？

奥尔森夫人回答，她不总是乐观，也不总是悲观，但是她从来没有好好想过这个问题。她对一些事情很乐观（比如科技进步），对另一些事情就比较悲观（比如地球的命运），而且有时候，白天好几个小时里她都很乐观，天一黑就变得悲观。

奥尔森夫人不知道针对她的回答有什么样的评价，但让她做测试的精神医生在"情绪不稳定"这一项上给她打了四分（满分是五分）。

（2）您相信上帝吗？

奥尔森夫人在这个问题前犹豫了良久。她受过天主教教育，但早已不再参加大部分宗教仪式。而且在她看来，上帝是否存在对于世界的运转来说无关紧要，反正祂又不掺和人间的事。她丈夫觉得，自己喜欢的球队赢球就能证明上帝存在；他们的儿子却支持对手球队，也把球场的胜利当作上帝存在的证据。这就让奥尔森夫人感到，如果真的有上帝，祂肯定对人的事情袖手旁观。她回答说有时候信有时候不信，又在"情绪不稳定"一项得了四分。

（3）您对生活满意吗？

奥尔森夫人回答"是"，一般来说她对自己的生活是满意的，除了那些不满意的时候。

这个回答同样在"情绪不稳定"的五分中得到四分。

（4）您认为性生活是：a）保持婚姻平衡与健康的基础；b）很重要但其他因素更重要，比如陪伴，或者分担银行账单；c）很不频繁并且不太愉快。

奥尔森夫人认为婚姻中的性生活开始是一个样，后来是另一个样，最后都是殊途同归。她没有说太多。她的女友们也有类似的看法：性生活有时候很偶尔，也不太愉快。

但伤害丈夫的自尊也不太像话，所以她选择空着这一格。

（5）如果十年后您的处境和现在一样，您愿意吗？

这个问题让奥尔森夫人深感不安。她如今四十八岁，体内雌激素分泌水平已经开始下降，她无法想象接下来十年会是什么光景。她觉得生活中一切都是变化的，哪怕花园里小小的一草一木也不会一成不变。她没有能力预测未来。因此，她怀着十足的诚实回答了"不知道"。

这个回答在"对生活不满"一项得了五分中的四分。

奥尔森夫人被诊断为双相情感障碍，住进了精神病院。

她的家人坦然接受了这个结果。大女儿感叹，"可怜的妈妈"。儿子则说："待在那儿她会好起来的。"至于丈夫，他和儿女所见略同。第一个星期，对着空荡荡的双人床，他还不太习惯。但很快，他就决定回归早已被遗忘的单身生活，夜夜出去逍遥。等到厌倦了出门，他就在家看黄色电影。他也恢复了自慰的爱好，并意识到和从前相比，如今成年男人的生活已经滋润多了，科技资源触手可及，色情制品也可以大行其道。

精神病院报告诊断结果的同时也告诉家属，奥尔森夫人的人格紊乱是治不好的，很可能早在童年就已经潜伏了，现在需要严格的"追踪"观察（这个说法让奥尔森夫人很惊讶，也让她隐约想起她最喜欢的运动——狩猎），在医院里会方便很多。奥尔森夫人继承的遗产能支撑她住院期间的费用，至于日后，院方的意思是走一步看一步。此外，丈夫坚决要求："我希望她有一间独立的病房。"

奥尔森夫人有了一间没有窗户的小病房，还有一台电视机。床上用品每周更换一次，饮食还算可口，就是分量有点小，这是因为医生们希望避免病人出现肥胖症，尽管冒着造成厌食症的风险。

医院里有一个缝纫间（奥尔森夫人从来没去过），一个可以玩多米诺骨牌的桌游室（这里她倒是进去过，但很快就玩腻了），一间给虔诚的信徒准备的祷告室，还有一个小花园，由护工负责打理。奥尔森夫人喜欢花儿，但她对十指沾泥的园艺活毫无兴趣。

抗抑郁药和安非他命（前者用来促进、后者用来抑制多巴胺和血清素产生）的叠加疗法似乎对于奥尔森夫人的症状收效甚微。现在她每天有一半时间处于亢奋状态，另一半时间则郁郁寡欢，精神病医生们归因为她年轻时患上的躁郁症，尽管当时并未发作。

家人的探望渐渐稀少。大女儿已经结婚，身上担子更重了；丈夫看着心爱的妻子时而兴高采烈时而闷闷不乐，他感觉自己的心理平衡和情绪稳定也受到了影响；儿子则认为看望母亲纯粹是浪费时间，每次见她不是狂笑不止就是哭个没完。

医生们觉得奥尔森夫人是个很配合的病人。她总是乖乖吃药，从不抱怨伙食，也不闹着出院，而且每个月都会及时缴纳住院费和附加费用（附加收费项目总是很多）。每当她进入狂躁状态，他们就把她关在房间里，电视关掉，人绑在床上；过几天情绪低落的时候，他们就给她松绑，允许她到花园里走走。

对于医院围墙外发生的事，奥尔森夫人没有表现出任何了解的兴趣，就算有，她也一定会感到失望。住院第三年，院长去世了，是自然死亡，病人们参加了追悼的弥撒。另外，奥尔森夫人停经了，医生们却没有留意，仍旧给她提供寻常剂量的安非他命和抗抑郁药。

一位新医生被派来填补前院长去世留下的空缺。正所谓新官上任三把火，她打算引入一些调整措施，想亲自了解一下住院最久的几位病人的情况。

在和新医生交谈时，奥尔森夫人感到很愉快。医生问她一直以来感觉怎么样，她如实回答说时好时坏，无论住院前后，始终都是这样。但她也表示，医生们说她有双相情感障碍，这种不稳定的情况也很常见。新医生问，一天中有没有哪个时段，她尤其感到不适。奥尔森夫人毫不犹豫地答道：傍晚六点到八点之间，但冬天的六点已经很黑，夏天的八点却还是白天。"的确如此。"年轻的医生一边同意，一边目光往下扫了一眼奥尔森夫人的病历单，发现她每次试图自尽都是在这个时间段。

"那时您有什么感受？"医生问道。

正值午后时分，奥尔森夫人状态不错，因此她的表达很清楚。

"焦虑。我感到特别焦虑。"

这位新近成为院长的精神病医生接受的是新的培养体系，她知道焦虑可以没有特定对象，所以没必要问别人为什么会焦虑。对方感到焦虑，句号。

"我会觉得不安、害怕，有时候是恐慌。"奥尔森夫人解释说。

"没关系，现在我们有一整本药典可以对付恐慌症状。"新院长高声说道。她接到了上级通知，要尽量为新患者腾出床位，因为按照旧有政策入住的病人付的钱比较少。如果能把原先的患者清走六七位，那么还在等候队列中的病人就有地方待了。

新院长想到，远古时代的男人女人们可没有这样丰富的医疗资源。假如他们在傍晚六点恐慌发作（他们也没有钟表，但总归有办法知道那时是黄昏），就不能吃几片药了事。与从前相比，我们已经进步了许多。

"那时候我也会肚子饿，"奥尔森夫人补充说，"但我一点胃口也没有，只有吃巧克力的欲望。别的都不行，就是巧克力或者其他糖果。"她又说："我并不习惯那样，因为怕长胖。我先生讨厌肥胖的女人，我也一样。"

原始社会的男男女女一到傍晚也感到恐慌、害怕，因为那时候，豺狼虎豹这些大型猛兽会离开洞穴，出来猎食人类，将他们生吞活剥。野兽们饥肠辘辘，凶猛不已，没有人能逃过一劫。

"一天中别的时间您会有类似的想吃巧克力或糖果的欲望吗？"年轻的医生又问。

"不会，"奥尔森夫人答道，"但是夏天天黑得晚一些，要到八点以后才入夜，那时候都吃晚饭了，我可以顺便吃点甜食。"

夏天奥尔森夫人的焦虑发作要晚几个小时？幸好英国人发现了松果腺。好吧，他们发现的不是松果腺，而是光照的缺乏对松果腺造成的影响：一种强烈的忧郁情绪。因此，英国社保部门会为所有遭受这种环境性抑郁的公民支付人工照明费用。

新院长告诉奥尔森夫人，她想逐步停止安非他命和抗抑郁药的治疗，因为药吃了十年收效甚微。她请求奥尔森夫人，一旦注意到自身有什么重要的变化，一定要通知她。

两周后，新院长发现奥尔森夫人在仔细观赏园子里的花。根据病历信息，她原先对园艺并无多大兴趣。于是，院长问她在看什么。

奥尔森夫人抬头看着年轻的精神医生，说道：

"我在看植物。它们也是双相的。冬天它们会消失，看上去很悲伤，几乎要枯死了；但春天来了，它们又会绽放花朵。"年轻的医生做了笔记。她在写一篇有关双相情感障碍的论文，之后要去博洛尼亚参加一个会议。那是她心心念念的城市，而且这次去不用花钱。也许这份针对奥尔森夫人的观察记录能对她有所帮助。

等到真正停药的那个月，奥尔森夫人遭受了一次严重的焦虑，危机来得很突然。那是一个阴惨的冬天，时间是六点到八点。整个白天都没出太阳，这时夜色已经缓缓在花园里降落，笼罩着精神病院丑陋的建筑。为了省电，楼里还没有开灯。一个护士报告说，奥尔森夫人把自己关在房间里，浑身剧烈颤抖，不停大哭大叫，哀求他们给她打一针镇静剂，还威胁说要爬到屋顶上跳下去。

新院长迅速赶到奥尔森夫人的房间。她的样子真可怜啊！她正满腹酸楚地哭泣着，衣服撕开了，头发乱作一团。她显然备受折磨。院长于是温柔地唤着她的名字，直到她止住了啜泣，终于认出了眼前的人来。

"傍晚天色这么阴沉，"年轻的医生高声说道，一边从白大褂口袋里掏出一块巧克力，"难免会感到孤独。"她把巧克力递给奥尔森夫人，"您发现了吗？奥尔森夫人，'孤独'的词根是'太阳'。"[1]

奥尔森夫人扑向巧克力，不顾形象地大嚼起来，如同远古时候的男人女人们茹毛饮血，也像母狮或雄虎把黄昏时分捕获的人类生吞活剥。

尽管上级规定不能浪费，要节约用电，院长还是把房间里所有灯都打开了。

在巧克力和灯光的作用下，奥尔森夫人似乎平静下来。

"这真是一天中最糟糕的时候，没人和我们说话，没人拥抱我们，也没人请我们吃巧克力。"医生柔声说着，向奥尔森夫人靠近了些，伸手轻轻抚过她的面颊。

"我们太孤独了，"病人说，"不过再等一会儿，等天全黑了就好了。"她接着说："那时候就可以看电视，吃晚饭，还会有人给我们打镇静剂，好让我们睡得着觉。"

奥尔森夫人吃完了一整块巧克力。医生又给她一袋奶

---

1. 在西班牙语中，"孤独"是 soledad，"太阳"是 sol，分别来自拉丁语的 solitas（孤独，独处）和 sol（太阳），一般认为，二者在词源上并无直接关联。

糖，她津津有味地尝了几颗。老虎幼崽在地上找到蝎子和其他虫子，也是这样品尝的。它们会快速咀嚼，然后一股脑吞下，不给虫子留下挣扎的余地。

吃了巧克力和半打糖果，十分钟后，奥尔森夫人感觉好多了。简直好得不能再好。医院里的灯全都亮起来了。天地间充满了寒冷又浓稠的夜，但还有一些明亮的罅隙。远处一盏路灯，眼前两台落地灯。人们的脸庞和表情都看得清清楚楚，只有那些不愿现身的事物仍在暗处藏匿。

这个夜晚，回到自己的房间以前（年轻的院长喜欢住在医院里，既因为没有伴侣，也可以省下在城里租一套房子的高昂费用），医生在笔记本上写下：通过摄入高剂量多元不饱和的人工糖精，奥尔森夫人克服了一次恐慌发作。她嘱咐护士要常备一定量的巧克力和奶糖，以防再出现类似的情况。这样一来，她也可以顺便涨一点住院费了。

冬天来了，花园里的植物在寒风中失去了生机。

那个礼拜奥尔森夫人没有去过花园。不过，每到傍晚六点，焦虑袭来的时候，护士就会给她一条两百克的巧克力和六颗奶糖。她有时候吃不完。

六个月后，精神病院的新院长在本子上记下，奥尔森夫人不再有自杀幻想了，也不再突发焦虑，而且她的体重并没有增长。院长对此很乐观，或许不久就可以让奥尔森夫人出院了。

她去博洛尼亚参加了精神病学大会，主办方报销了交通和住宿费用。她在会上宣读了一篇短小的论文，题目是《糖类对复发性黄昏恐慌发作的影响》。但同行中没什么人感兴趣，他们比较关心的是一种价格不菲的新药，副作用尚不明确，但已经在欧洲好几个国家获准发售了。会议期间，她和一个擅长治疗强迫症的同事搞到一起，但这位男医生有点不举，他自己说是因为紧张，她倒没放在心上。

开完会回来以后，她就向奥尔森夫人提议出院，毕竟在家也可以继续观察控制病情。但病人说她更想待在医院里，如果是因为钱——她明白，这年头什么问题都绕不开钱——她宁愿多付一点。她已经爱上了医院的花园，虽然仍旧不喜欢莳花弄草。她也有点不舍得她的病房，对家反而没什么念想。而且，既然已经借助巧克力和糖果克服了黄昏时分的焦虑发作，她的经历或许能帮到其他病人：比如那个厌食、忧郁的女孩子，那个得了老年痴呆但清醒时需要人陪着聊天的老人，还有那个被丈夫虐待的女人，她还是想见他，因为她明白丈夫终究是爱她的，否则就不会打她。

年轻的院长想着，如果奥尔森夫人和新来的病人付得一样多的话，她不妨继续住着，还能派上用场。而且，近来每到傍晚，她自己也开始无缘无故地犯起焦虑，也许她可以和奥尔森夫人一起吃巧克力，一起哭一会儿。

宛如魔术师的帽子

Como la chistera de un mago

一天早晨，光明市主干大道上的行人们被眼前的一幕震惊了：一场绿色的钞票雨从天而降，每张都是一百美元。撒钱的人站在大通曼哈顿银行的旋转门口，他叫大卫·托马斯，原本开着一家卖家电的小商店。

　　纸钞纷纷扬扬，像有一只鸟死在半空，羽毛正簌簌落下。行人一哄而上，不一会儿又迅速离开，生怕丢下什么。大卫·托马斯久久伫立在银行门口，手中的钱袋已经空了，唇边挂着诡异的微笑。但狂喜只维持了几分钟，和所有真正销魂的体验一样。

　　警察很快逮捕了大卫，他自首说刚刚抢劫了银行。

　　确切地说是，曾经的家电商大卫·托马斯大清早拿着一把玩具枪袭击了银行，没有蒙面，从头到尾没有试图逃跑。

　　抢了一个装着几千张百元大钞的袋子以后，大卫·托马斯没有像电影里那样坐轿车或直升机窜逃，而是站在银行门口往空中撒钱，"就像魔术师从帽子里变出五颜六色的气球"，孩子们都想抓住。在法院派来的心理学专家面前，他用了这么个比喻。陪审团（成员中男女各五人）要等心理学家委员会对大卫·托马斯进行审察后再做出裁决。

这个医学委员会由三人组成：一位心理学家，一位精神分析师和一位精神病专家。众所周知，这三种职业针锋相对，但陪审团考虑到，如果他们能事先取得一致意见，就可以避免这种情况：听精神病专家的，精神分析师要上诉；听心理学家的，精神病专家要上诉；听精神分析师的，心理学家又要上诉。

至于辩方律师（因为大卫·托马斯已经破产，光明市法院便替他找了一位初出茅庐、尚未成立个人工作室的年轻律师），他有信心能轻而易举地证明客户作案时发作了短暂性精神失常。被告没有犯罪前科，就连超速驾驶的罚单都没收过，开店期间他每天如数交税，还服过兵役，表现也相当不错。年轻的律师相信，医学委员会的诊断将确凿地证实大卫·托马斯患有间歇性精神错乱，这样他就不用服刑，只需要接受不定期的心理干预。他很有把握客户不会重蹈覆辙（毕竟抢完银行还把钱都扔了可不是随便就能复刻的，说实话，这种事一辈子也就干一次）。而且，本次银行遭袭没有流血事件，大卫·托马斯闯进大通曼哈顿分行的时候，手里只有一把在拉斯维加斯买的玩具枪。这些不就是完美的辩词吗？

然而，年轻的律师遇到一个意外的难题：大卫·托马斯执意要把自己的所作所为描述成"诗性的行为"而非精神错乱。它们是一回事吗？虽然律师本人是这么认为的，但他担心被告的自我判断可能会在陪审团中引起争议，尤其是那三位女陪审员，因为女性对诗或者幻想总有某种偏好。如果大卫·托马斯坚称他的行为是诗性的，那么用暂时性精神错乱来争取司法豁免就想都不用想了。他只会被判为持械抢劫的普通罪犯。"诗人都是这样的下场。"年轻的律师想道。抢了银行还无故在大街上撒钱，承认这一举动是出于暂时性可复原的精神失常，难道不是好办得多吗？

"犯人精神错乱有一个最强有力的证据，那就是他没有逃跑，也没有像一般的抢劫犯那样把钱藏在安全的地方，而是无意识地抛撒它们。"律师高声说道，他对自己很满意，觉得这是无懈可击的论辩。

"无意识？说错了，"大卫反驳道，"我往空中撒钱是因为我想这么做。"

"试图歪曲行为的目的，"年轻的律师说，"恰恰证明被告患有精神失常。"

大卫·托马斯眨了眨眼。

"'歪曲'？"他重复了这个词，仿佛它让他困惑不已。

"不对，"他点了一根烟，接着说，"我抢银行是故意的，朝着人群撒钱也是故意的。这就是我的行为目的。"

律师想，这个大卫·托马斯真是糊涂了。证据明摆着：他竟然点了根烟。这种时候谁会抽烟？瘾再大的老烟枪也会收敛一下。

"这不符合逻辑，"律师评判说，"请允许我在法官面前解释一下，一个正常的罪犯，或者说，一个没有发疯没有精神病发作的人，去银行抢钱会立即逃走，跑得越快越好，这样才不会被抓，而且他会把钱藏好。"

"你说的这是犯罪！"大卫·托马斯有些气愤。开店的时候，他从来没有向客户虚报过商品价格，也没有伪造过交税数据。年轻的律师叹了口气，心想幸好还有一个直接原因可以说明被告的短暂性精神失常：大卫·托马斯，一家电器小商店的前店主，就在袭击大通曼哈顿银行、把赃款抛撒一空的三个月前，和他的妻子琳达离婚了，这件事必定对他打击很大。

"的确如此，"医学委员会中的心理学家肯定地说，"分离、断绝关系、情感或经济上的损失都容易导致抑郁。如果抑郁很严重，就有可能引发精神病发作，不过大多数时候是可恢复的，不会造成永久性损伤。"

"和妻子离婚以后，您做了什么？"行为学家问道。

大卫·托马斯思考了片刻。

"我记得我开了一场派对，"他回答说，马上又补充道，"不是第二天就开的，不过应该是那个礼拜的事。"

"您是想庆祝离婚吗？您为此感到高兴？"

大卫·托马斯又想了一会儿，然后回答：

"没什么好庆祝的。琳达和我都同意离婚，后来她就回到家乡和她母亲一起住了。我并不高兴，但也谈不上多难过。就是简简单单的离婚，我们没什么好相互指责的，也没有孩子要判给谁。我卖了店，把一半的钱给了琳达，我想这是应该的。虽然不多，但有了这笔钱我们都能做点自己想做的事。我从十五岁开始工作，这么多年的辛苦都在里头了。开派对是因为我想。以前一直没能开成，因为要付按揭，要粉刷店面，要给客厅换沙发。我一天到晚都在店里忙活，剩下的时间就是和琳达待在一起，从来没什么朋友。所以我才邀请路过的人都来参加派对。"

"陌生人吗？"心理学家听清了托马斯的话，但还是问了一句。

"我刚说过，我没有朋友。我整天不是工作就是在家里忙上忙下，房顶的瓦片要换，门坏了要修，汽车发动机也要修。如果不邀请陌生人，派对根本开不起来。还能怎么办？人们到我的派对来，吃吃喝喝，跳几支舞，认识认识新朋友。一起吃喝玩乐用不着多深的交情，何况是免费的。"

"对金钱的使用情况无疑是人们精神状态的症候。"心理学家断言，"在花钱方面感到困难则是另一回事。金钱纯粹是一种符号。"

心理学家的话正说到大卫·托马斯心里去了。只见他两眼放光，说话声调也提高了。

"完全正确。"托马斯同意地说，"钱是一种符号。不要以为全世界都知道这一点。"他补充道："我是去了拉斯维加斯才明白的。诸位去过拉斯维加斯吗？"他问他们，仿佛这座魔法之城能让大家一下子达成共识。

那位弗洛伊德派精神分析师认为，专业人士不应该回答病人的任何提问，不能说"是"也不能说"不是"，为情势所迫，也顶多只能轻轻地晃一晃脑袋，越模棱两可越好，这样说得通，那样也说得通。然后就可以分析病人对此做出的解读。心理学家的规矩是只问不答，无论狡猾的病人以什么借口想要变换角色，口气天真还是沮丧，都不能接受。至于行为学家，他觉得提问和回答不仅多此一举，而且正是神经质的症状。

大卫·托马斯永远无法知道三位专家中有没有人去过拉斯维加斯。不过他也可以理解。

他决定不再纠结，便默认他们都知道拉斯维加斯。

"到了拉斯维加斯，我才理解金钱的符号意义。"大卫·托马斯接着说。（此时行为学家在本子上做了笔记：犯人开始说精神分析黑话了。就像他著名的同行菲利普·安德鲁斯[1]揭示的：精神分析那套叙述就像过眼云烟，但会造成言语上的改变，这是它带来的唯一变化。）

"在拉斯维加斯的机器面前（我是个新手，一开始不敢尝试大轮盘，我是先玩的老虎机），什么都不作数了。一天下午，"大卫·托马斯说，"我把卖店的钱输了个精光，那么多年年勤勤恳恳的工作付诸东流，谁知第二天上午，我赢了五倍的钱回来。仅仅一上午，先生们，我赢的钱比二十年工作赚的还多。输钱，赢钱，钱去了又来，像在打圈，这头进，那头出，没有任何前因后果。只是游戏，仅此而已。"

心理学家觉得罪犯的描述清楚地揭示出他的谵妄倾向：全世界都知道拉斯维加斯是虚幻的，他却把它当作了真实。

---

1. 具体信息不详，可能是作者杜撰的人物。

年轻的律师（他从来没去过拉斯维加斯，也从没买过彩票）被客户的天真打动了，下意识地开始插话：

"大卫老兄，"他说道，"拉斯维加斯存在就是为了骗人的。你要是傻到去送钱，他们能把钱给你抢光。"

托马斯极其严肃地看了他一眼。

"'把钱抢光'？"他重复律师的话，"那可是犯罪。那样的话整座城市不可能正常运转。旅行社到处宣传拉斯维加斯旅游项目，还说可以免门票进赌场。大部分旅游杂志和书籍都在给拉斯维加斯的赌博业打广告。这显然不犯法。"他总结道："如果真的违法，赢钱的人不可能拿钱就走人，而应该像我这样坐在陪审团前面受审。市长、官员、制作赌博机器的人，还有赌场的员工，他们都应该被抓起来。"

"你怎么花钱都行，"心理学家有些生气，"只要是你自己的钱。但是你不能去抢银行，然后像扔报纸一样把钱扔在大街上。"

"那捡钱的人呢？"托马斯一派天真地问道。

律师和专家们只好面面相觑。律师决定了，如果没办法从精神失常发作的角度为客户辩护，那就改成智力不足，就说大卫·托马斯患有局部认识功能障碍。

"在拉斯维加斯的时候，"托马斯解释说，"有一次我看到一个男人在老虎机上赢了钱，他那种强烈的满足是无以言表的。那是真正的快乐。"他坚持道："没有任何事物可以与之相提并论。那个人享受着人生中一件稀罕事，他无缘无故就有了钱。他没有花一点力气，没有展示奉献精神，没有发挥聪明才智，没有耍心眼。那是一份真正的馈赠，"大卫接着说，"没有任何条件，不需要任何付出。甚至不用处心积虑地诱骗他人。"他得出结论："那是像诗一样的东西。"

心理学家在笔记本上写下了"抑郁后的幻想性谵妄"。"他试图在世界的无序之上建立幻想。夸大妄想症。渴望说服他人，让他人也参与到自己的幻想中。"弗洛伊德派精神分析师是这么写的。行为主义精神病专家记下的则是："他通过幻想来逃避挫败。面对逆境，他缺乏真实的防卫工具。"

律师感到厌倦又困惑。这种时候，他容易变得有攻击性。最好的办法是什么辩护也不做，到了法官面前，根本不需要他的辩词（他决定了一句也不说），因为被告的言论本身就是精神失常的铁证。接下来的问题是：这种精神失常是短暂的还是永久的？法院如果认为被告是个不可救药的疯子，就会把他送到精神病院里关一辈子。那样的话，他作为辩方律师，肯定要提起上诉。但他不想上诉，因为过程又长又复杂。他怎么就没碰到一个正常点的案子呢？比方说一个毒贩子，一个海洛因走私犯，或者一个虐待妇女的犯人，总之是正常的罪犯。一个正常的犯人可能会在街上袭击别人，抢了钱以后拿去买可卡因。

"把银行的钱扔到半空中，让钞票漫天飞舞，像魔术师帽子里飞出的彩色气球，任凭行人抓取。"托马斯说，"这是把一种稀有的快乐提供给许多人。只有这么一次，他们可以不劳而获，没有汗水，没有痛苦，没有谎言，没有脑筋，没有诱惑，没有付出与回报的法则。"托马斯坚称。

"但那是银行的钱，"律师不悦地说，"您不能把不属于您自己的东西分出去，哪怕是为了给他人提供快乐。"

"的确是银行的钱，但也是某个人的钱，是老虎机的钱，大轮盘和二十一点的钱。"托马斯说，"所有钱都有主人，但钱会移动，会流通。实际上，"他承认，"我真正的罪过在于扭曲了一贯的财富分配路径。这是革命性的举动。"他说着露出了狡黠的笑容。

心理学家在本子上写了"救世主式谵妄"。看到自己的话被人记下来，大卫有点慌张。

"我开玩笑的，只是开玩笑，"他分辩说，"我抢银行不是想把钱据为己有，"他告诉他们，"我甚至没有用真枪吓唬银行员工。"

"即便证明被告患有暂时性精神错乱，"律师说道，"真正的问题还是钱，银行损失的钱还没收回，恐怕根本不可能找回来了。"

"从那么多人手中把他们一生中唯一真正的快乐抢过来，那也太残忍了。"大卫说，"如果您买彩票中了奖，您会把钱还回去吗？"

律师用笔记本敲了敲桌子。

"一码归一码，不要东拉西扯。"他正言道。

"您说得对，"托马斯承认，"中彩票的前提是花钱下赌注。就算能中奖，此前也要赌很多次。这里还是有因果关系的。但是，我像魔法师变气球一样扔钱的时候，捡钱的人不用下本钱。只要从银行外面的人行道上走过，就可以中大奖，多简单啊。"

"我们还是不要把事情夸大，"心理学家插进来说，"一个行人动作再快再敏捷，又能抢到几张钞票呢？五张？六张？八张？就算每张都是百元大钞，也不会有人靠捡钱发财。"

在托马斯看来，心理学家以一种可疑的热情再现了那天的情景（他是从动作来判断的），好像恨不得当时自己也在场，能分一杯羹。

"唯一一次无须劳作、心机和智力就能赚钱。唯一一笔避开了邪恶的买卖关系的财富，它的价值仿佛翻了 N 倍。"

"他是不是说了'邪恶的关系'？"弗洛伊德派问行为主义者。原则上，因为观念有别，他不会和行为学家说话，他现在发问是不确定有没有听清。

"这是一种移置。"行为主义者的观察是："邪恶关系是另一回事，那应该是一个人和母亲之间的关系。"

"我都不知道您也懂弗洛伊德。"精神分析师很惊讶。

"并不是，但我也有过母亲。"行为主义者叹了口气。

"需要证明的事只有一件，"律师越来越紧张，因为"城市之光"和"洛克男孩"两支篮球队的决赛要开始了，他买了两张票，一张自己的，一张女朋友的，"那就是大卫·托马斯犯罪时没有充分调用他的精神官能，因为他遭受了暂时性精神失常。"

"我下次还会这么干的。"托马斯自信地说。

"主体不能明确地区分出现实和幻想。"心理学家如是诊断。

"有位诗人写过，在诗人写下来以前，没有人注意到中央公园的草坪是绿色的。"托马斯又说。

"无稽之谈，"行为主义者回应道，"全世界都知道，所有草坪都是绿色的。"他没听说过托马斯引用的诗人，而且总的来说他不信任文学，尤其是诗歌。和所有心理学家一样，他年轻的时候也想当作家，但是从经济的角度来看，他现在的专业要赚钱得多。

"我建议进行精神分析治疗。"精神分析师说。

行为主义精神病专家做了个鬼脸。

"至少可以增强现实感。"精神分析师坚持他的看法。

"哪种现实？"托马斯问道。

"现实的现实。"律师说。但愿这场对话发生在陪审团面前，年轻的律师想，托马斯的提问毋庸置疑地证明了他的暂时性精神失常。

"您的现实。"不愿意沉默的精神分析师回答道。

"您知道吗？"大卫想了一会儿之后说道，"小时候，我妈妈漫不经心地送给我一幅达·芬奇《蒙娜丽莎》的复制品。那时候我不太喜欢，我不明白这么无聊的肖像画凭什么这么出名。二十年以后，它却成了我最爱的画。"

"很简单，"精神分析师说，"您对现实的感知已经发生了变化。"

"或许在诸位身上也有类似的情况，"大卫说，"诗就是一个精神状态的问题。"

最后，法官认为大卫·托马斯由于突发暂时性精神失常而袭击了银行并向空中撒钱。心理学专家的报告为这一裁决做了背书。因为没有犯罪前科，而且考虑到他及时向警方自首并配合工作的情节，大卫·托马斯获得了减刑。他没有失去自由，但不得不接受流动性的精神病治疗，也就是服用两种药物：一种用来刺激血清素和多巴胺的产生，另一种是安眠药——他把它们小心翼翼地扔进了垃圾桶。

银行的钱一直没有追回来。

动物学课

La lección de zoología

"在发情的生理期，"我有意把"生理期"的字眼咬得很重，"雌兽的身体会释放出一种独特的气味，夜晚的空气里（已经证实，发情总是在黑夜里达到顶峰）弥漫着成千上万种芬芳的微粒，如同夜空中的繁星点点。"我说得激动起来，"或许，"甚至有些神魂颠倒，"那些微粒不仅有气味，还有光亮，就像小小的雌性萤火虫在夜色里点了灯，为的是吸引雄性同类前来授精。它们能凭气味相认。也许雌虫不知不觉就被气味出卖了。"（我在教室里踱步，周围都是温驯的幼兽，他们头也不抬，听话地记着笔记，无暇他顾。他们如此干净、驯顺，头脑中塞满了抽象的知识，循规蹈矩，渴望通过考试，渴望找工作和挣钱。）"发情期间，"我一本正经地接着说，"雌兽身上用来插入的小孔上覆盖的膜会分泌出湿润的物质（诗人管它叫灵液），可以润滑肉壁，产生有节奏的肌肉收缩（诗人称之为轻颤），这是自发的，类似于分娩的情形。而且，"我继续说，"那个柔软的小洞也会收缩，这样就造成了空隙，贴在一起的肉壁分开了，能听到一种奇特的声音。可以说，"我已经醺醺然，便大胆起来，"这是雌兽的生殖器在说话。它会呻吟，会发出请求和命令。"

我慢条斯理地在教室里走动，偶尔抬头也无人注意。我吸着鼻子，嗅到干涩的气味，它来自粉笔、灰尘和地面。干燥的东西无法催情。我恨不能闻到植物的淋漓水汽——那些温室大棚里的肥硕而有毒的植物，它们在看不见的、密密麻麻的箱子里苗壮生长，靠天窗透气。植物的生殖器比动物的更不为人知。但它们也是有的，就藏在花托里。我观察着教室里的雌兽。一张张索然无味的丑脸。那是文明的苍白，是脱脂牛奶，没有营养的果实，不含胆固醇的食物。痴肥的精神，受损的肉体。她们中只有一个有些迷魂。她有一双闪闪发光的绿松石眼睛，她在不由自主地出汗。

"在高度的兴奋中，"我继续说，"性对象具体是什么变得无关紧要。发情的时候，"我一边说一边盯着那个女孩，"一头公牛会在其他公牛的目光下产生性兴奋，而等到勃起那一刻——诗人会用'攻击'这个词，"我接着道，"它的生殖器会被引向一个阴道形状的人造容器。这样就

110

可获得大量精液，可以给许多母牛配种，而不必让它们与公牛接触。本能是饥不择食的。同样的道理，"我走着走着突然转身，想捕捉那个绿松石色眼睛的姑娘沉醉的样子，"一个雌性人类，受到恰到好处的刺激，阴道自发的收缩运动到达高潮，就会为了愉悦而纳入一根血脉偾张不停颤抖的肌肉或者随便什么替代品，比如店里买的价格实惠的小玩具。"我不无讽刺地结束道。我的话激起了一片羞怯的微笑。现在更多人开始心慌意乱了。那个女孩皮肤白皙，符合我们西方人种的特征，但头发是黑色的。我饶有趣味地思忖着如此组合背后是什么样的种族混杂。或许某个从热那亚出发的意大利移民登上了一艘货船，在麻布袋和粗硬的缆绳中间，他在一个从集中营逃出来的犹太女人身上留了种？还是深夜的街头，一个白皮肤的俄国女郎曾受辱于拿破仑军队里某个中尉？

"杂交会改善物种的命运。"我一边说一边在教室里大步流星。（冰清玉洁的雪白脸庞纷纷向我投以目光。十二三代人过后，他们已经对混血一无所知。孱弱的基因逃过了污染，在血脉里绵延下来。）

"我们的嗅觉功能已经所剩无几，"我目不转睛地看着她说道，"散布在发情期动物毛发里的体液已经不能准确引导我们的直觉。我们的本能被各种化妆品削弱了。小瓶子里的香水也无济于事，无法唤起我们早已死去的嗅觉。香水刺激的是想象力而非本能。"突然，我故意走到她面前，"你知道什么男士香水的名字吗？"我用温和的声调问道。

她脸红了。发情的母兽有一些明显的变化：臀部周围肌肉胀大，乳房变得丰满，毛发有了光泽，唾液分泌增加。而对女人来说，就是脸红。

"安德罗斯。"她的声音有些破碎。

声音变化也是发情的标志。有一次，我和一个女人做爱，结束的时候，她的嗓音嘶哑了许多，听起来像男人一样。当时她过了好一会儿才恢复本来的音色。

"不错，"我说，"它提示着我们曾经的动物状态。'安德罗斯'，"我重复了这个词，"但是动物不会说话，至少不能清晰地进行语言表达。对动物来说，欲望不会进入词语。但它们会呻吟，会发出如饥似渴的绵长呜咽。在夜晚的大城市里，谁能竖起耳朵，听出一只发情的雄兽粗犷、洪亮的咆哮？"

她脸红得更厉害了。她夹紧了双腿。虽然有长裙盖着，我看不见，但可以想象她紧张的肌肉：出于戒备的本能而收缩着，为了不让垂涎于她的引诱者贸然闯入。

"相反，"我说，"我们熟悉的是别的声响：救护车和消防车的警笛声、地铁的呜呜声、邻居弹钢琴的音阶、门铃声。而自然的声音和气味却让我们害怕。"我继续说道："它们会唤起我们鲜活的记忆，让我们想起那黑暗的动物，从血肉模糊的内脏里降生，在残破不堪的细胞组织中死去。"

我的课上完了。他们犹犹豫豫地站起来，动作有些笨拙。男生夹紧了裆部，导致血液循环不畅。衣物的覆盖下，他们睾丸紧缩，阴茎疲软。女生把乳房挤压在文胸的罩杯里。有时候甚至可以说她们没有胸部。她们的阴蒂则受到尼龙布料的约束，仍然昏睡未醒。

离开教室的时候，我给了那个女孩一本书，并对她说：

"晚上八点见，我等你。书上有我的地址。"

她飞红了脸颊，吃惊地看着我。她个子很高，走路的样子很优雅，这是代代相传才能养成的习惯。她身上没有一点原始动物的影子。但从她的模样可以猜想出一种令人作呕的种族混杂。我曾见过同样的绿松石色，那是几只雌性美洲豹猫的眼睛，彼时它们正在笼子里不安地走来走去。她高高的颧骨无疑来自祖上哪个犹太女人，在犹太人聚居的赫罗纳城，那位祖先或许在集市上售卖催情草药。但她有一双小小的脚，相比于她的身高未免太过袖珍：这是文明的烙印。

一回到家，我就摘下了爱马仕领带。它是红色的，上面有黄色和绿色的波浪形纹饰，就像蟒蛇的表皮。我把它扔在了沙发上。衬着黑色天鹅绒，卷曲的领带如埋伏的蛇，蠢蠢欲动地静止着。我脱下白衬衫，丝绸的质地，珠灰的条纹，朝地上一扔。我露出黯黑的体毛，长而浓密，被汗水浸湿了。晶莹的、汗涔涔的体毛。我脱下裤子。我无所拘束的双腿在要求匍匐的姿势。我俯下身子，贴着地面，把四肢撑在木质地板上。一开始我难以移动，但不一会儿，我的内里有某种东西在深呼吸，在膨胀。那是隐藏的暗夜之兽。它被囚禁，也被放逐。我缓慢笨拙地爬行着，如同远古时代的蜥蜴，在水陆之间踯躅：它们的身体在水流中太重了，但要直立起来用双足行走又太难。我的脖子和家具的高度持平。我用力嗅着，闻出了椅子和房间中央黑色桌子的木头气味。森林原木的材质，外面有一层清漆。漆的味道让我不太舒服，但我应当习惯。灰尘也有气味：我在毛茸茸的、经血般殷红的地毯上发现了几粒尘埃。我感到饥饿。我的胃在低吼。我满意地听见胃痉挛的声音：那是我的内脏在说话。我向桃花心木的桌子爬去。我继续闻着，想找点吃的。我不可能吃桌子上的书，因为纸张过于粗糙，难以消化。我也不能吃那套银质茶具，它们是一位出名的艺术家设计的。那尊现代风格的小雕像，还有我用来存放烟草的木盒，统统不能吃。不过有一个容

　　　　　　　　　　　　私人房间

器里放着草莓。我向它靠近，草莓散发出的气味穿透了我（但不是很强烈：草莓在冰箱里放过，已经完全成熟了）。我终于抓起一颗塞进嘴里。我用上颚挤压着草莓，它绽破了。酸酸甜甜的汁液促进了唾液的分泌。我攥起第二颗，让同样的过程再来一遍。我兴奋地把整个脑袋埋在那个容器里，任凭草莓遮蔽我的双眼，淹没我的鼻子，涂抹我的皮肤。我用面颊将它们碾压，它们爆开了，无数渺小的、鲜红的生殖器官。在食物的助长下，我开始感到阴茎在两腿间跃跃欲试。于是我离开草莓的甘泉，越发焦渴地在房间里蹒跚匍匐，汗流浃背。桌上有一台钟，我看到时间是七点半。我激动地靠近一盆茎叶修长的蕨，它被摆放在壁炉旁边。我保持着爬行的姿势，把头埋进它的叶子，寻找凉爽和湿润的感觉。它摇动起来，抚弄我的头发，叶片包围着我的眼睛。我从花盆里深深吸入土壤的潮湿，就像女人双腿间的味道。我紧张地往后退，继续在房间里徘徊。突然，从我的五脏六腑里生出一种喊叫的冲动。起初我不知道它究竟为何物。我身体里，幽暗的阴囊里有东西在沸腾。我的胃里有东西在沸腾。那是食物、烟草的残留和胆汁混合而成的糜液。我发出了呻吟。深沉而狂野的长长一声，似哀诉也似威胁。我用全身的骨头和内脏在呻吟，口里流出涎水，像一条发怒的公狗。我一边呻吟一边啜嚅。

我想呼唤别人。我要求更多。我令人害怕。晚上八点的暗光里，我在家具间手脚并用地挪动着，几欲窒息。那是本质的、急迫的、无情的肉欲。我散发出肉体的气息。在某个地方，在这个文明世界的某个角落，有一群雌性动物衣着华丽，把身体包裹起来，随后又袒露。她们喷洒香水，精心装扮，又用毒品和油炸食物慢性自杀。她们把尾巴装进黑丝绸的套子，给头发染上炫目的颜色，却在夜里孑然入睡。我反复呻吟着，发出浓稠、沉醉而凶猛的声音。它比救护车的警笛更十万火急，比电线里的电流更令人休克，比难逃宰杀的猪更悲惨欲绝。我抬起头，狂野的嗅觉发现了微波炉里烤制的鱼的气味，为了做鸡蛋饼而被打蛋器敲击的新鲜蛋液的气味，还有杯子里失去水分、泛着泡沫的牛奶的气味。我发出嚎叫。大腿中间，我的阳具像碉堡一样昂然挺立。孤身于夜晚的城市，远离人群，与世隔绝，在不可一世的骄傲里，我的阳具勃起了，不为了任何人。

八点了，我在欲望的迷雾里窥视四周。桌上的两盏台灯有着天蓝色的灯球，好似一对丰满浑圆的乳房漂浮在这荒凉的房间。八点钟了，我想，同时我的大腿在往下滴水。在一阵巨大、慷慨而孤独的痉挛中，生命流逝了。我把精液射在石灰墙上，那里有几幅出自名家之手的抽象画。它们一动不动，里面没有流血，没有排泄，没有濒死

　　　　　　　　　私人房间

般的喘息，没有精子，没有呻吟。只是冷冰冰的精神果实。但在它们下方，我饱胀的阳具在嘶吼。它孤独地摇晃着，无所谓身在何处。它反身自取并慷慨给予，把它拥有的东西分出去，向外扩散，不需要任何言语和协议。这是生命在流溢，没有中介，没有终点。这是造物之丰盈，正如亚马孙丛林里的硕大植物，加勒比海滩上的巨型海龟，或是果实累累的香蕉树，被自己的重量压弯。然而，如此丰盛的时刻却无人见证，无人参与。

我精疲力竭地躺在地上，望着天花板。一场蓬勃的盛开结束了。我感到虚弱而松弛。我的衣服四散在房间里。时间已到八点半，她还没有来。她肯定过得更文明：咖啡厅的约会，令人愉快的交谈，话题是最近的音乐会。

我突然想起来我买了剧院的票。于是我迅速起身，仔细沐浴一番，喷上香水（我用的是罗意威男士香水），穿上熨烫平整的新西装。脚上是华伦天奴的黑色漆皮鞋，口袋里装一块白色丝绸手帕。手表是卡地亚的。至于明天的课，我想重新组织讲解的线索，用这句话开场：

"当兴奋达到一定程度时，性对象的生殖器是无关紧要的。"

（京权）图字：01-2024-3547

图书在版编目（CIP）数据

私人房间/（乌拉圭）克里斯蒂娜·佩里·罗西著；余晓慧译.
-- 北京：作家出版社，2024.11. -- ISBN 978 - 7 - 5212 - 2995 - 0

Ⅰ.I551.45

中国国家版本馆 CIP 数据核字第 2024C1F190 号

HABITACIONES PRIVADAS by Cristina Peri Rossi
Copyright © 2012 by Cristina Peri Rossi
Simplified Chinese Edition Copyright:
2024 THE WRITERS PUBLISHING HOUSE CO.,LTD.
All rights reserved.

中国外国文学学会
西班牙葡萄牙语
文学研究分会
HISPANIC & PORTUGUESE
LITERARY STUDIES ASSOCIATION

新拉丁美洲文学丛书

私人房间

作　　者：（乌拉圭）克里斯蒂娜·佩里·罗西
译　　者：余晓慧
责任编辑：赵　超
封面设计：吴元瑛
出版发行：作家出版社有限公司
社　　址：北京农展馆南里 10 号　　　邮　　编：100125
电话传真：86 - 10 - 65067186（发行中心）
　　　　　86 - 10 - 65004079（总编室）
E - mail: zuojia@zuojia.net.cn
http: // www.zuojiachubanshe.com
印　　刷：河北京平诚乾印刷有限公司
成品尺寸：130 × 185
字　　数：65 千
印　　张：4.25
版　　次：2024 年 11 月第 1 版
印　　次：2024 年 11 月第 1 次印刷
ISBN　978 - 7 - 5212 - 2995 - 0
定　　价：48.00 元